해상화열전

해상화열전 1 (큰글씨책)

초판 1쇄 발행 2019년 7월 22일

지은이 한방경
옮긴이 김영옥
펴낸이 강수걸
편집장 권경옥
펴낸곳 산지니
등록 2005년 2월 7일 제 333-3370000251002005000001호
주소 부산광역시 해운대구 수영강변대로 140 BCC 613호
전화 051-504-7070 | 팩스 051-507-7543
홈페이지 www.sanzinibook.com
전자우편 sanzini@sanzinibook.com
블로그 sanzinibook.tistory.com

ISBN   978-89-6545-613-1 04820
          978-89-6545-612-4 (세트)

* 책값은 뒤표지에 있습니다.
* 이 도서의 국립중앙도서관 출판예정도서목록(CIP)은 서지정보유통지원시스템
홈페이지(http://seoji.nl.go.kr)와 국가자료공동목록시스템(http://www.nl.go.kr/
kolisnet)에서 이용하실 수 있습니다.(CIP제어번호: CIP2019026931)

큰글씨책

한방경 지음 · 김영옥 옮김

海上花列傳

해상화열전

①

산지니

일러두기

1. 이 번역은 한방경(韓邦慶) 저,『해상화열전(海上花列傳)』[北京: 人民文學出版社, 1999]을 완역한 것이다.
2. 아울러 장아이링(張愛玲) 주역본『海上花開』,『海上花落』[哈爾濱: 哈爾濱出版社, 2003], 영어 번역본 Ailing Zhang, Eileen Chang, Eva Hung 역,『The Sing-Song Girls of Shanghai』[New York: Columbia Univ Press, 2005], 일본어 번역본 太田辰夫 역,『海上花列傳』[東京: 平凡社, 1969]을 참고하였다.
3. 소설에 등장하는 인명과 지명 등은 모두 한글 한자음을 표기하였다. 다만 해제에서는 1911년 신해혁명을 기준으로 이후 생존 인물은 국립국어원 중국어 표기법에 따랐다.
4. 책의 서두에 한방경의 자서를, 말미에는 후기를 부록으로 붙여 독자들의 이해를 돕고자 했다.
5. 본문 중 각 회마다 사용된 삽화는 장아이링 주역본『海上花開』,『海上花落』[北京: 北京出版社, 2010]과 1894년 석인초간 영인본『海上花列傳』(『古本小說集成』, 上海古籍出版社, 1994)에 실린 공개된 삽화를 다듬어 사용하였다.
6. 책 제목은『 』, 시는「 」, 희곡, 노래 제목 등은〈 〉로 표시하였다.
7. 장아이링 주역본과 영어 번역본에 빠져 있는 시, 문장 등은 저본에 따라 충실히 빠짐없이 번역하였다. 특히 장아이링 주역본, 영어 번역본뿐 아니라 저본에도 빠져 있는 제51회「예사외편(穢史外編)」은『해상화열전 하』[湖南: 岳麓出版社, 2005]에 실린 원문에 따라 독자의 이해와 원전의 의미를 살려 모두 번역하였다.
8. 주석은 저본의 주석과 기타 문헌을 참조여 각 회의 말미에 실었다. 장아이링 주역본의 주석은 [장]으로 표기하고 일본어 번역본의 주석은 [일]이라고 표기하였다. 역자 주석은 따로 구별해 밝히지 않았다.
9. 본문에서 처음 나오는 인명, 지명, 특징적 사물에는 한자를 병기하였다. 그리고 시(詩), 사(詞), 곡(曲) 등 문학작품과 성어(成語), 역자 주 내용, 동음이의어 등에도 필요하다고 판단되는 부분에 역시 한자를 병기하였다.

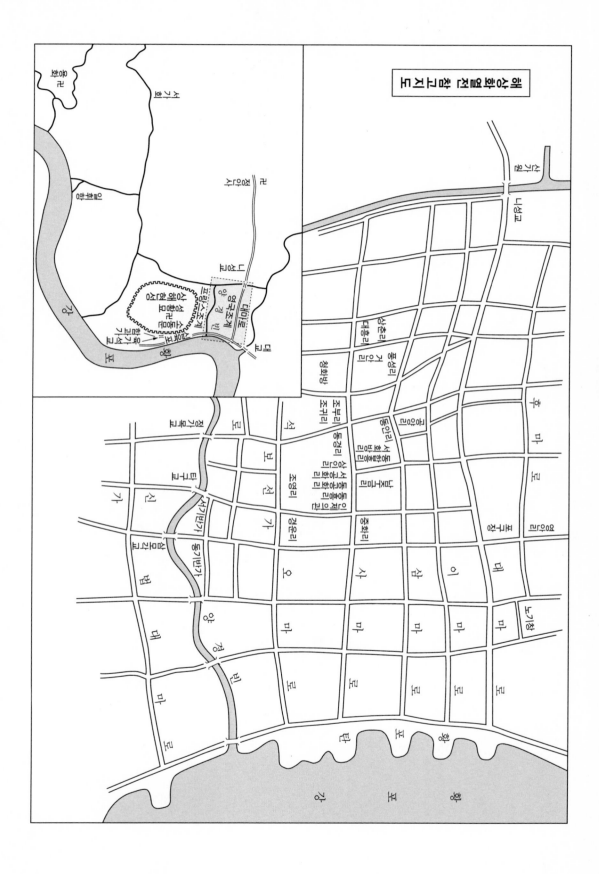

서(序)[1]

　이 책은 타일러 깨우치기 위해 지은 것으로, 치밀하게 묘사한 곳은 마치 그 사람을 보는 듯하고, 그 소리를 듣는 듯하다. 독자들은 그 말을 깊이 음미하며 풍월장 속을 들여다보면서도 싫어서 회피하거나 혐오할 틈은 없을 것이다. 이 책에 실린 인명과 사건은 모두 허구이며 결코 특정인이나 사건을 가리키는 바는 없다. 어떤 사람은 어떤 사람을 숨긴 것이고, 어떤 사건은 어떤 사건을 숨긴 것이라고 망언을 하면 독서를 제대로 하는 것이 아니며, 더불어 이야기하기 부족하다 할 것이다.

　탄사(彈詞)[2]에 실린 소주(蘇州) 방언 대부분은 속자(俗字)이지만 오랫동안 통용되어 모두 알게 되었다. 그리하여 소주 방언을 사용하였고, 대체로 연의(演義)소설은 고증에 얽매일 필요도 없었다. 다만 소리는 있으나 글자가 없는 것, 예를 들면 '하지 마라'라는 뜻의 '물요(勿要)' 두 글자는 소주 사람들이 매번 다급하게 부를 때면 한 음으로 소리를 내는데, 만약 물요(勿要) 두 자로 적으면 당시의 상황에 맞지 않는다. 또한 다른 글자로 대체할 수 없기도 하여 물요(勿要)를 하나로 붙여 썼다. 독자들은 물(覅)이라는 글자가 원래 없는 글자로, 이 두 개의 한자를 하나의 음으로 읽어야 된다는 것을 알아야 할 것이다. 다른 예를 들면, '口 + 安' 음은 안(眼)이고, '嗄'음은 가(賈)이다. '내(耐)'는 너(你)를 말하며, '리(俚)'는 저(伊) 등을 말한다. 독자들이 스스로 뜻을 알 수 있을 것이므로 이에 더 이상 덧붙이지 않는다.

소설 전체의 서사법은 『유림외사』에서 발전된 것이지만, 천삽장섬법(穿揷藏閃法)만은 기존의 소설에 없었다.

물결 하나가 다 끝나기도 전에 또 다른 물결이 일어나거나 혹은 연이어 십여 개의 물결이 일어난다. 동에서, 서에서, 남에서, 북에서 갑자기 일어나고 손 가는 대로 서술하여 완결된 사건은 결코 하나도 없지만, 작품 전체에서 한 오라기도 빠짐이 없게 된다. 그것을 읽어보면 문자로 표현되지 않은 뒷면에 많은 문자가 있음을 알게 된다. 비록 명백하게 서술하지 않았지만, 마음으로 깨달을 수 있게 된다. 이것이 천삽법이다.

갑자기 허공을 가르고 와 독자로 하여금 그 까닭을 모르게 만드는데, 급히 뒷 문장을 보지만 뒷 문장에서는 또 그건 버려 두고 다른 사건을 서술하고 있다. 다른 사건에 대한 서술이 끝날 때쯤 그 까닭이 다시 설명되는데 그 까닭이 여전히 완전히 밝혀지지 않다가 전체가 드러나고 나서야 앞에서 서술한 것 중 어느 한 글자도 헛된 것이 없다는 것을 알게 된다. 이것이 장섬법이다.

이 책에서 드러나는 문장은 읽는 바와 같이 그대로이지만, 드러나지 않는 문장이 반을 차지하며 자구(字句) 사이에 감춰져 있어 수십 회를 읽고 나서야 비로소 이해할 수 있다. 독자들이 조급하여 기다리지 못할까 봐 특별히 먼저 한두 가지를 알려주고자 한다. 예를 들어 왕아이의 이야기 곳곳에는 장소촌이 감춰져 있고, 심소홍의 이야기 곳곳에는 소류아가 감춰져 있으며, 황취봉의 이야기 곳곳에는 전자강이 감춰져 있다. 이 외에 모든 등장인물의 생애와 사실을 대조해보면 구절들이 서로 호응하며 어느 한 곳 빠진 부분이 없다. 독자들은 자세히 살펴보면 알게 될 것이다.

기존의 소설은 반드시 대단원이 있었다. 대단원은 드러나는 문장의 정신이 응축된 곳으로 결코 모호하게 처리할 수 없는 부분이다. 이 책은 비록 천삽장섬법을 운용하였지만, 그럼에도 그 속에서 결말을 찾을 수 있다. 예를 들면 제9회에서 심소홍은 그처럼 큰 소란을 일으켰지만, 이후 서서히 정리가 되면서 한 올의 실도 새어나가지 않는 것이, 가지런하면서도 여유롭게 대단원을 맞이한다. 그러나 이 대단원 중간에도 천삽장섬법을 운용하면서 소설 전체를 연결하였다.

소설이라는 장르에서 제목은 결론이고, 본문은 서사이다. 종종 제목은 사건을 이야기해준다. 그러나 장편일 경우 이야기를 본문 내에 담아낼 수 없기도 한데, 기존의 소설에서도 이러한 예가 있었다. 『해상화열전』에서 제13회의 제목과 제14회 제목 역시 그 예에 해당한다.

이 책은 한담(閑談)으로 되어 있다. 그러나 정말 한담이라면

군이 문장으로 적을 이유가 있겠는가? 독자들은 잡담 속에서 그 단서를 찾아낼 수 있을 것이다. 예를 들면 주 씨의 쌍주, 쌍보, 쌍옥 그리고 이수방, 임소분의 결말은 이 두 회에서 생각해 볼 수 있을 것이다.[3]

제22회의 경우 예컨대 황취봉, 장혜정, 오설향 모두 두 번째 묘사에 해당한다. 그곳에 실린 사건과 언어는 당연히 앞과 뒤가 서로 호응하고 있다. 성격, 기질, 태도, 행동에 있어서 어느 것 하나라도 일치되지 않는 게 있는가?

누군가 소설 속에서 오직 기루 이야기만 하고 다른 사건을 다루지 않아 독자들이 지루해하지 않을까 하고 묻는다면, 나는 그렇지 않다고 말할 것이다. 소설의 작법은 팔고문[4]과 같다. 연장제(連章題)는 포괄해야 한다. 예를 들면 『삼국연의』는 한(漢)나라와 위(魏)나라 사이의 사건을 서술하되, 역사적 전장 제도와 인물사를 눈으로 보는 듯 명확하게 다루지만 그 간략함을 꺼리지 않는다. 고군제(枯窘題)는 발전해야 한다. 예를 들면 『수호지』의 강도들, 『유림외사』의 문사들, 『홍루몽』의 규방의 여인들의 경우 한 주제가 끝까지 가면서도 이야기의 전개가 굴곡을 이루며 설명이 덧붙지만, 그 세세함을 꺼리지 않는다. 어떤 경우에는 충효, 신선, 영웅, 남녀, 부패관리, 도적, 악귀, 여우요괴에서 거문고, 바둑, 서화, 의술, 별자리까지 한 책에 모아놓고 스스로 다양하며 박식함을 보여준다고 말하지만, 사실은 재능이 막혀 있다는 사실을 깨닫지 못하는 것일 뿐이다.

합전체는 세 가지 어려움이 있다. 하나는 뇌동(雷同)하지 않아야 한다(無雷同). 한 작품 안에 백여 명의 인물이 그 성격과 언어, 생김새, 행동에 있어서 서로 조금씩이라도 비슷하면 바로 뇌동이다.

또 하나는 모순되지 않아야 한다(無矛盾). 한 인물이 앞과 뒤에서 여러 번 등장하는 경우, 앞과 뒤가 조금이라도 서로 부합되지 않으면 모순이다.

마지막 하나는 누락된 부분이 있어서는 안 된다(無挂漏). 한 인물에 대해 결말 없이 쓰는 것은 누락된 것이고, 한 사건에 결말이 없으면 또한 역시 누락된 것이다.

---

1 이 글은 『해상기서』의 뒤표지에 게재된 것이다. 잡지의 뒤표지 공백을 활용한 광고에 해당되는 것이므로, 64회로 출판하였을 때는 수록하지 않았다. 그러나 작가의 창작 사상과 작품의 서사기법을 이해하는 데 중요한 자료에 해당되므로 본서에서는 서두에 실었다.
2 중국 전통 곡예이다. 비파와 삼현의 연주를 반주로 한 설창문학형식으로, 남방지역에 유행하였다.
3 17, 18회를 의미한다.
4 명청대(明淸代) 과거시험의 문체로, 제의(制義), 제예(制藝), 시문(時文), 팔비문(八比文)이라고도 불렀다. 팔고 문장은 사서오경에서 제목을 취하며, 내용은 반드시 옛사람의 어기를 사용해야 하는데, 절대로 자유로운 생각을 서술해서는 안 되었다. 문장의 길이, 글자의 모양, 성조의 고저 역시 대구를 이루어야 하며, 자수도 제한되었다.

차례

01

조박재는 함과가의 외삼촌을 방문하고,
홍선경은 취수당의 중매를 서다

趙樸齋鹹瓜街訪舅 洪善卿聚秀堂做媒

이 장편 소설은 화야련농(花也憐儂)[1]이 지었고, 제목은 『해상화열전』입니다.

상해가 개항한 후 남쪽 홍등가는 날로 번창해갔고 그곳에 빠져 지내는 젊은 화류객들도 늘어났습니다. 그들은 부모형제의 만류도 외면하고 스승과 친구의 충고도 들으려 하지 않았습니다. 이 얼마나 우매하고 무지한지요. 이는 그들에게 자신의 경험을 들려주는 사람을 만나지 못한 탓이겠지요.

그곳에서는 서로 추파를 던지며 유혹을 하는 등 온갖 애정 행각이 벌어지지요. 본인들이야 그 재미에 흠뻑 빠져 있겠지만, 그 모습들을 묘사하면 금방이라도 토할 듯 역겨울 따름입니다. 그런데도 그들 중에 어느 누구도 정신을 차려 그곳을 완전히 잊고 일상으로 돌아오지 않았습니다.

그래서 화야련농은 보살심으로 장광설을 발휘하여 그들의 모습을 사실 그대로 묘사하였습니다. 유사한 사건을 연결하여 엮되 때로 과장되게 꾸미기도 하여 생생함을 더하였습니다. 그럼에도 음란하거나 외설적인 글 한 자 없으며, 전체를 보면 사람들의 경각심을 일깨우고 그들을 구제하고자 하는 의도에서 벗어나지 않습니다.

만약 독자들이 이들의 행적을 좇아 낱낱이 살피고 그 의미를 깨치게 되면, 이들이 앞에선 서시(西施)보다 아름다워 보이지만 그 뒤에선 야차(夜叉)보다 악랄하다는 것을 알게 될 것이며, 지금이야 조강지처보다 살갑고 다정하게 대하지만 지나고 나면 전갈보다 표독스럽게 변하리라는 것을 점치게 될 것입니다.

이 또한 잠에서 깨어나려는 순간, 새벽종 소리를 듣고 문득 인생의 깊은 이치를 성찰하는 것과 같을 것입니다. 이것이 바로 화야련농이 『해상화열전』을 지은 이유입니다.

독자 여러분은 이 글을 쓴 화야련농이 어떤 사람인지 아시는지요?

화야련농은 원래 괴안국[2] 북쪽에 있는 흑첨향[3]의 주인 지리씨[4]로, 일찍이 천록대부[5]를 지냈지요. 진(晉)나라 때 예천군공[6]에 봉해져 중향국[7]의 온유향[8]으로 들어와 살게 되면서 화야

22

련농이라고 이름 지었습니다. 화야련농은 원래 흑첨향의 주인이었던지라 매일 꿈을 꾸며 지냈습니다. 그러나 그는 꿈을 꿈이라고 믿지 않고 현실이라 여겨 이 꿈들을 책으로 쓰기 시작하였습니다. 그는 이렇듯 꿈속 세계를 한 권의 책으로 다 엮고 난 후에야 그 책 속의 꿈에서 깨어날 수 있었습니다.

독자 여러분도 그곳에서 꿈만 꾸지 말고 이 책을 한번 읽어보는 게 어떠실런지요.

이 소설은 화야련농의 꿈 이야기에서 시작하지만 화야련농이 어떻게 꿈 속으로 들어갔는지는 알 수 없습니다. 불현듯 그의 몸이 둥실둥실 떠올라 마치 구름이 안개를 재촉하듯 정처 없이 굴러다니는가 싶더니 문득 고개를 들어보니 원래 자신이 살던 곳이 아니었지요. 앞뒤 좌우를 둘러보아도 도무지 길을 찾을 수 없는 아득하고 끝없는 꽃바다가 펼쳐져 있었습니다.

독자 여러분은 꽃바다, 다시 말해 '화해(花海)'라는 두 글자가 결코 지어낸 것이 아니라는 것을 아셔야 합니다.

원래 이 바다에는 물만 있는 게 아니었습니다. 가지에 잎이 달린 수많은 꽃송이가 평평하고 솜처럼 푹신해 보이는 게 마치 수놓은 방석과 비단 융단처럼 바다를 뒤덮고 있었습니다.

화야련농은 그 꽃들만 보고 물은 보지 못한 채 마냥 좋아 덩실덩실 흥에 겨워 춤을 추었지요. 그는 이 바다가 얼마나 넓고 깊은지 전혀 알려고 하지 않고, 땅 위에 있는 것처럼 이곳저곳을 떠돌아다니며 그곳을 차마 떠나질 못했답니다. 그러나 그 꽃들은 가지와 잎이 무성하게 달려 있긴 했지만 모두 뿌리가 없었습니다. 꽃 아래는 바로 바닷물이어서 바닷물이 일렁이면 그 꽃들도 파도와 함께 일렁이다 멈추곤 했습니다. 만약 꽃들이 자유로이 날아다니는 나비와 벌이나 질투심 많은 앵무새와 제비를 만나지 않으면 메뚜기, 쇠똥구리, 두꺼비, 땅강아지, 개미 같은 벌레들에게 마구 내몰리거나 욕보여 무참하게 찢기었습니다. 그곳에는 오직 화려한 복사꽃이나 화사한 오얏꽃, 기품이 있는 모란꽃쯤 되어야 황하강의 우뚝 선 지주산처럼 꿋꿋하게 버티며 뭇 꽃들 속에서 기운을 뿜어내고, 또한 국화같이 빼어나고 매화같이 고고하며 난초같이 빈산에 홀로 아름다움을 드러내고, 연꽃같이 진흙 속에서도 오염되지 않아야 그 모든 굴욕을 감당할 수 있었습니다. 그러나 그러는 사이에 그 꽃들조차도 시들어버리고 말지요.

화야련농은 이러한 광경을 목도하고 문득 깨달은 바가 있어 참담한 심정을 금치 못하고, 이 일희일비도 무의미하여 결국에는 자신을 해치게 되는 듯하니 그의 마음은 더더욱 혼란스러워지고 눈앞이 아찔하였습니다. 그 순간 광풍이 불어 닥쳐 몸을 휘청거리다 발을 헛디뎌 꽃 틈으로 빠져 꽃바다 속으로 떨어지고 말았습니다.

화야련농은 비명을 지르고, 버텨보려고 안간힘을 썼으나 이미 천길 아래 땅으로 떨어지고 말았습니다. 떨어진 곳에서 눈을 뜨고 보니 그곳은 상해의 현성과 조계지 경계에 있는 육가석교(陸家石橋)였지요. 화야련농은 눈을 비비며 일어나서야 오늘이 이월 십이 일이라는 것을 기억해냈습니다. 이른 새벽 일찍 일어나 집을 나서다 그만 길을 잘못 들어 꽃바다에 빠져 넘어졌고, 다행히 넘어지는 바람에 꿈에서 깨어날 수 있었던 것이었죠. 그는 수많은 일들이 눈앞에 선하게 떠올라 절로 웃음이 나왔습니다.

"그래 한바탕 꿈을 꾸었구나."

화야련농은 잠깐 동안의 이 기이한 경험에 탄식했습니다.

이 화야련농이 정말 꿈에서 깨어났을까요? 독자 여러분도 이 수수께끼가 어떻게 풀릴지 한번 맞춰보시기 바랍니다.

화야련농 자신은 꿈에서 깨어났다고 생각하고 집으로 돌아가려고 하였다. 그러나 어디로 가야 할지 몰라 두리번거리며 다리 쪽으로 걸어 내려갔다. 다리 어귀에 거의 다 이르렀을 때, 한 젊은 남자가 다리 아래에서 불쑥 튀어나왔다. 그는 월백[9] 죽포 전의[10]와 금장[11]의 남경주단[12] 마고자를 입고 있었다. 화야련농은 미처 피하지 못하고 그만 그와 정면으로 부딪치고 말았다. 젊은 남자는 꽈당 넘어져 흙탕물을 온통 뒤집어쓰고 말았다. 그는 벌떡 일어나 곧장 화야련농을 붙잡고 욕을 퍼붓기 시작했다. 화야련농이 아무리 해명하여도 막무가내였다. 파란색 호의[13]를 착용한 순포가 다가와서 자초지종을 물었다. 그러자 그 젊은 남자가 말했다.

"난 조박재(趙樸齋)라고 하오. 함과가로 가고 있는데, 글쎄 이 무례한 자가 나를 넘어뜨렸소! 마고자가 흙탕물로 범벅된 것을 좀 봐요. 저 사람이 무조건 물어내야 하오!"

화야련농이 대답을 하려고 하는데 순포가 말했다.

"당신도 조심하지 않았으니까, 그냥 그만 보내주시오."

조박재는 한참을 구시렁거리다가 마지못해 손을 놓고 나서, 태연하게 떠나는 화야련농을 눈을 부릅뜨고 노려보았다. 쑥덕거리는 사람, 낄낄대는 사람 등 구경꾼들이 길을 에워싸고 있었다. 조박재는 소매를 털어내며 짜증을 냈다.

"이래서야 어떻게 외삼촌을 뵙지?"

순포도 웃으며 말했다.

"찻집에 가서 수건으로 닦아보지 그래요?"

순포의 말을 듣고 조박재는 다리 어귀에 있는 근수대(近水臺) 찻집으로 갔다. 창가 쪽 자리를 잡고 마고자를 벗었다. 점원이 물을 가지고 오자 조박재는 수건을 짜서 꼼꼼하게 마고자를 닦았다. 진흙을 말끔히 닦아내고 다시 마고자를 입었다. 차를 마시고 나서 계산을 하고 함과가의 중시(中市)로 갔다. '영창삼점(永昌參店)'이라는 간판을 찾아 석고문[14]을 들어서며 큰 소리로 불렀다.

"홍선경(洪善卿) 선생님."

그러자 종업원이 대답을 하고 나와서 응접실로 안내하며 이름을 묻고는 황급히 안으로 들어가 전했다. 잠시 뒤, 홍선경이 종종걸음으로 나왔다. 조박재는 비록 오랫동안 보지 못했지만 홀쭉하게 들어간 볼과 툭 불거진 눈을 보고는 금방 알아차리고 앞으로 달려가 '외삼촌' 하고 부르며 예를 갖추고 인사를 올렸다. 홍선경도 대충 인사를 하며 자리를 권하고 안부를 물었다.

"어머니는 안녕하신가? 함께 오지 않았고? 어디에서 지내고 있느냐?"

"보선가 열래(悅來) 객잔에서 묵고 있습니다. 어머니는 오지 않으셨고, 외삼촌께 안부를 전해 달라고 하셨습니다."

그때 점원이 담배와 차를 올렸다. 홍선경은 찾아온 이유를 물었다.

"특별한 일은 아니고, 일거리를 찾아볼까 하고 왔습니다."

"요즘 상해에도 일거리가 없어."

"어머니께서 집에서 별 하는 일 없이 해마다 나이만 먹으면 무슨 일을 하겠냐 하시며 차라리 나가 일을 하는 게 낫지 않겠냐고 하셨습니다."

"말씀은 옳으시지. 네 나이가 올해 몇이지?"

"열일곱입니다."

"네 여동생은? 몇 년 동안 보지 못했는데, 너보다 몇 살 어린가? 혼처는 정해졌는가?"

"아직입니다. 올해 열다섯입니다."

"집에는 또 누가 있느냐?"

瓜街訪勇

趙橫齋鹹

28

"세 식구 외에 아주머니 한 분이 일을 봐주십니다."

"식구가 적어서 생활비는 아무래도 적게 들겠구나."

"이전보다 절약이 되긴 합니다."

그때 천연궤[15] 위에 있는 자명종이 열두 시를 알렸다. 선경은 조박재에게 간단한 요깃거리를 청하며 젊은 회계원에게 식사를 준비시켰다. 잠시 후, 네 가지 음식과 밥 두 그릇, 술 한 병이 차려진 상이 올라왔다. 외삼촌과 조카는 마주 앉아 술을 마시며 최근 돌아가는 정황과 고향 이야기들을 늘어놓았다.

"너 혼자 객잔에 머물고 있느냐? 돌봐주는 사람은 없느냐?"

"미곡상의 친구가 있습니다. 장소촌(張小村)이라고, 상해에 일거리를 찾아 왔는데, 함께 지내고 있습니다."

"그거 잘됐구나."

밥을 먹고 나서 얼굴을 닦고 입을 헹구었다. 선경은 박재에게 물담뱃대를 주며 일렀다.

"잠깐 앉아 있어. 몇 가지 일이 끝나는 대로 같이 북쪽에 가보자."

박재는 예, 예, 연달아 대답을 했다. 선경은 바쁜 걸음으로 들어갔다.

박재는 혼자 앉아 물담배를 싫증날 만큼 피웠다. 자명종이 두 시를 알리자 선경이 나오며 또다시 젊은 회계원에게 몇 마디 당부를 하고 나서 박재를 앞세우고 거리로 나와 북쪽으로 걸어갔다. 육가석교를 건너자 그들은 인력거 두 대를 잡아 나누어 타고 보선가 열래 객잔 입구까지 갔다.[16] 선경은 어림해서 차비를 지불했다. 박재는 선경을 객잔 방으로 안내하였다. 함께 방을 쓰는 장소촌은 벌써 점심을 먹어치우고 붉은 모포가 깔린 침대 위에 반질거리는 아편 소반을 올려놓고 아편을 피우고 있었다. 그는 조박재와 함께 방으로 들어오는 이가 홍선경임을 짐작하고 재빨리 담뱃대를 내려놓고 일어났다. 선경이 말했다.

"존함이 장소촌이지요?"

"네. 어르신께서는 선경 선생님이시지요?"

"선생님이라니요, 당치도 않습니다."

"먼저 인사를 드리지 못해 송구하기 그지없습니다."

잠시 겸손을 차린 인사를 나누고 마주 보고 앉았다. 조박재는 물담뱃대를 선경에게 올렸다.

"조카가 처음 상해에 와서 오로지 소촌 선생에게 의지하고 있으니 잘 보살펴주십시오."

"저 역시 아무것도 모릅니다. 함께 올라왔으니 당연히 서로 도와야죠."

또 잠깐 상투적인 인사치레를 나누고 선경은 물담뱃대를 소촌에게 건네주었다. 소촌은 그것을 받아 들면서 선경에게 침대로 가서 아편을 피우기를 권했다.

"아편은 못 합니다."

그리고 모두 각자 자리에 앉았다. 박재는 한쪽에 앉아 그들의 대화를 듣고 있었다. 서서히 기루와 기녀 이야기로 옮겨가자 박재는 궁금해서 입을 달싹거리는데, 마침 소촌이 물담뱃대를 주었다. 박재는 이때다 싶어 소촌의 귀에 대고 소곤거렸다. 소촌은 먼저 '하하' 웃고는 선경에게 말했다.

"조형이 기루에 가서 견문을 넓히고 싶다고 하는데, 어떻습니까?"

"어디로 갈까요?"

"기반가로 한번 가보죠."

"서기반가 취수당에 육수보(陸秀寶)라는 기녀가 괜찮았던 걸로 기억하는데."

박재가 끼어들었다.

"그러면 거기로 가요."

소촌은 웃기만 했다. 선경도 웃음이 나왔다. 박재는 소촌에게 아편 소반을 정리하라고 재촉하고 소촌이 최신식 옷을 갈아입을 때까지 기다렸다. 소촌은 참외모양의 작은 모자를 쓰고 가선을 댄 북경식 신발을 신었다. 그리고 은회색 항주산 면 도포 위에 청옥색 남경주단 마고자를 입고 나서, 다시 벗어놓은 옷들을 하나씩 개고 난 후에야 선경과 서로 양보하며 동행하였다. 박재는 성격이 급하여 방문을 잡아당겨 대충 잠그고 선경과 소촌 뒤를 따라 객잔을 나섰다. 골목을 두 번 돌자 서기반가가 나왔다. 멀리 팔각 유리등 하나가 보였다. 철관이 대문을 떠받치고 있고, 그 위에 '취수당(聚秀堂)' 세 글자가 붉은 글씨로 쓰여 있었다. 선경은 소촌과 박재를 이끌고 들어갔다.
남자 하인이 홍선경을 알아보고 황급히 소리쳤다.

"양가모! 장(莊) 도련님 친구분이 오셨습니다."

이 층에서 대답하는 소리가 들리고 이어서 발자국 소리가
이 층 입구쯤에서 멎었다.

세 사람이 이 층으로 올라가니 아주머니[17] 양가모(楊家嫫)
가 그들을 맞이하며 말했다.

"아유, 홍 도련님, 방으로 드시지요."

열서너 살 된 여자 하인[18]이 벌써 주렴을 걷어 올린 채 기다
리고 있었다.

뜻밖에 방 안에는 어떤 남자가 탑상[19] 위에 가로질러 누워
옆에 있는 기녀와 희희낙락 장난을 치고 있었다. 홍선경이 방
으로 들어오는 것을 보자 그 사람은 기녀를 물리치고 일어나
며 인사를 했다. 장소촌과 조박재에게도 공수를 하며 성함을
물었다. 홍선경은 대신 대답해주고 장소촌 쪽을 돌아보며 말
해주었다.

"이분은 장여보(莊荔甫) 선생이십니다."

소촌이 말했다.

"반갑습니다."

그 기녀는 장여보의 등 뒤에 서 있다가 자리가 정해지자 수
박씨를 올렸다. 여자 하인도 물담뱃대를 가져와 물담배를 채
워주었다. 장여보가 홍선경에게 말했다.

"마침 찾아가려 했는데, 물건들이 많거든. 여기 이 쪽지 좀 보겠나?"

장여보는 옷을 뒤적이며 쪽지를 꺼내 선경에게 건네주었다.

선경은 쪽지를 펼쳐 보았다. 보석, 골동품, 서화, 옷 등의 항목 아래 가격과 번호가 매겨져 있었다. 홍선경은 미간을 찌푸리며 말했다.

"이런 물건들은 판로를 찾기 어려워. 듣자니 항주 여전홍(黎篆鴻)이 상해에 있다고 하던데, 그쪽에 한번 물어보게."

"여전홍 쪽에는 진소운을 통해 보냈는데, 아직 회신을 받지 못했어."

"물건은 어디에 있나?"

"굉수서방(宏壽書坊)에 있어. 보러 가겠나?"

"나 같은 문외한이 봐서 뭐하겠나."

조박재는 이런 대화를 듣고 있자니 지겨워져서 고개를 돌려 그 기녀를 자세하게 훑어보았다. 눈처럼 하얀 둥근 얼굴, 반듯하고 오목조목한 이목구비, 특히 사랑스러운 것은 미소를 머금고 있는 붉은 입술과 생기가 넘쳐나는 맵시 있는 두 눈이었다.

그녀는 평상시에는 은실로 만든 나비 장식 하나만 머리에 꽂고, 붉은색 아마포 상의에 비단 가선을 댄 검은색 주름 조끼와 월백색 비단에 수놓은 세 줄의 가선을 댄 옅은 보라색 주름 바지를 입고 있었다.

박재는 그 모습에 그만 정신이 나가고 말았다. 그 기녀는 벌써 눈치를 채고 웃으며 천천히 서양식 벽거울 앞으로 가서 이쪽저쪽을 꼼꼼하게 살피며 귀밑머리를 매만졌다. 박재는 자신을 망각하고 그녀에게 시선을 고정시켰다. 갑자기 홍선경이 불렀다.

"수림 아가씨, 내가 당신 동생 수보에게 중매를 서려고 하는데, 어떤가?"

박재는 그제야 이 기녀가 육수보가 아니고 육수림(陸秀林)이라는 것을 알게 되었다. 육수림은 고개를 돌리며 대답했다.

"내 동생을 보살펴주겠다는데, 나쁠 리가 있겠어요?"

그녀는 큰 소리로 아주머니를 불렀다. 마침 양가모가 수건을 짜고 찻잔에 차를 붓고 있었다. 육수림은 양가모에게 수보를 불러와 찻잔을 올리라고 했다.

"어느 분인가요?"

홍선경은 손으로 박재를 가리켰다.

"이쪽 조 도련님."

양가모는 곁눈질로 살펴보고 말했다.

"이분이요? 얼른 수보를 불러올게요."

양가모는 수건을 건네주고 '쿵쿵' 바쁜 걸음으로 뛰어 내려갔다.

얼마 뒤 '자박자박' 작은 발소리가 들려왔다. 육수보가 오는 소리였다. 조박재는 주렴 쪽을 보았다. 육수보는 방으로 들어와서 먼저 장 도련님과 홍 도련님[20]에게 수박씨를 공손하게 올렸다. 그런 다음 장소촌과 조박재 두 사람에게 수박씨를 올리며 이름을 묻고 조박재에게 미소를 지었다. 박재가 보니, 육수보도 자그마하고 둥근 얼굴에 이목구비가 육수림과 똑같이 생겼다. 다만 수림보다 나이가 조금 어리고, 키가 조금 작을 뿐, 만약 같은 곳에 있지 않으면 구분하기 힘들 정도였다. 육수보는 접시를 내려놓고 조박재 곁에 바짝 다가가 앉았다. 그런데 뜻밖에 박재는 부끄러워서 이러지도 저러지도 못하고 앉지도 서지도 못했다. 다행히 그때 양가모가 뛰어 들어오며 말했다.

"조 도련님, 방으로 드시죠."

육수보가 말했다.

"모두 같이 가세요."

모두들 그 말에 자리에서 일어나 서로 앞장서라며 길을 양보하였다. 장여보가 말했다.

"내가 앞장서야겠군."

장여보가 먼저 가려는데, 수림이 그의 소매를 잡아당겼다.

"안 되죠. 저 두 사람이 먼저 가야죠."

선경은 그들을 돌아보며 한 번 웃고 장소촌과 조박재와 함께 양가모를 따라 육수보의 방으로 갔다. 육수보의 방은 육수림의 옆방이었다. 거울, 자명종, 금박 대련, 채색 비단 등으로 장식하여 육수림의 방과 비슷하였다. 모두들 편안하게 자리에

洪善卿
鄉聚秀堂做媒

앉았다. 양가모는 찻잔을 챙기느라 분주히 움직이며 여자 하인에게 물담배를 채우라고 하였다. 이어 남자 하인이 마른안주를 올렸다. 육수보는 그것을 받아 들고 모두에게 돌리고 조박재와 함께 나란히 앉았다. 양가모가 한쪽에 서서 홍선경에게 물었다.

"조 도련님은 어디서 묵고 계신가요?"

"장 도련님과 함께 열래 객잔에서 묵고 있어."

양가모는 장소촌에게 고개를 돌리며 물었다.

"장 도련님은 애인이 있어요?"

장소촌은 웃으며 고개를 저었다. 양가모가 말했다.

"없어요? 하나 만들지 그래요."

"애인을 만들라고? 그러면 자네와는 어때?"

장소촌의 말에 모두 큰 소리로 웃었다. 양가모가 웃으며 한마디 덧붙였다.

"애인 생기면 조 도련님과 함께 오세요. 시끌벅적해야죠?"

장소촌은 대답 없이 냉소를 짓고 탑상으로 가서 드러누워 아편을 피웠다. 양가모가 조박재에게 말했다.

"조 도련님이 중매를 좀 서봐요."

박재는 수보와 장난을 치느라 못 들은 척했다. 수보는 손을 뿌리치며 말했다.

"당신에게 중매 서라고 하잖아요. 왜 대답이 없어요?"

박재는 그래도 대답하지 않았다. 수보가 재촉하였다.

"말해요."

그러자 박재는 마지못해 장소촌의 표정을 살펴보았다. 소촌은 아편 피우는 데만 몰두하고 조박재에게는 전혀 관심을 보이지 않았다.

박재가 난처해하는데, 마침 장여보가 주렴을 걷어 올리며 방으로 들어왔다. 조박재는 그 틈을 놓치지 않고 얼른 일어나 자리를 양보했다. 양가모는 흥이 사라져 여자 하인과 함께 나가버렸다. 장여보는 홍선경과 마주 보고 앉아 사업 이야기를 나누고 장소촌은 여전히 누워 아편을 피우고 있었다. 육수보는 두 손으로 조박재의 손을 꼭 잡아 꼼짝 못하게 하고 박재를 마주 보고 연극을 보여 달라, 술자리를 마련해 달라는 이야기들을 늘어놓았다. 박재는 좋다고 히죽거렸다. 수보는 아예 다리를 올리고 가슴에 안겼다. 박재는 한 손을 빼내어 수보의 소매 속으로 집어넣었다. 수보는 가슴을 꼭 쥐며 소리를 질렀다.

"안 돼요!"

방금 아편을 다 피운 장소촌은 웃으며 말했다.

"자네는 물만두는 그곳에 놔두고, '만두'를 먹으려고 해!"[21]

"무슨 말이야?"

박재는 무슨 말인지 몰라 장소촌에게 물었다. 수보는 황급히 다리를 풀고 박재를 잡아당겼다.

"장 도련님 말은 무시해요! 당신을 놀리는 거잖아요!"

수보는 또다시 장소촌을 째려보며 삐죽거렸다.

"애인은 없으면서 말은 잘해요!"

장소촌은 머쓱하여 슬그머니 일어나 시계를 보았다. 홍선경은 장소촌이 가고 싶어 한다는 것을 눈치채고 자리에서 일어나며 말했다.

"우리 함께 저녁이나 먹으러 갑시다."

박재는 이 말을 듣고 황급히 마른안주 접시에 은화를 떨어뜨렸다.

육수보는 그것을 보고 말했다.

"잠깐만요."

그리고 수림을 불렀다.

"언니, 간대요."

육수림도 이쪽으로 건너왔다. 그녀는 조용히 장여보의 귀에 대고 소곤거리고 나서 육수보와 함께 이 층 입구까지 그들을 배웅했다.

"나중에 함께 오셔요."

네 사람은 대답을 하고 계단을 내려갔다.

---

1 농(儂)은 상해어로 '당신'을 의미한다. 화야련농이라는 필명은 '꽃도 당신을 가련히 여기다'라는 뜻이다.
2 槐安國 : 꿈속의 나라
3 黑甜鄕 : 꿈
4 趾離氏 : 꿈의 신

5 천록(天祿)은 술의 대명사이다.

6 예천(醴泉) 역시 술의 대명사이다.

7 衆香國 : 백화가 활짝 핀 공간. 기루, 화류계를 의미한다.

8 溫柔鄕 : 화류계

9 月白 : 푸른빛이 도는 하얀 색

10 箭衣 : 고대 사수가 입은 의복으로 소매가 좁다. 소매의 상반은 손을 덮고, 하반은 특히 짧아 활을 쏘기에 편리하다.

11 金醬 : 보랏빛을 띠는 짙은 갈색

12 寧綢 : 남경 주단. 남경(南京), 진강(鎭江), 항주(杭州) 등지에서 생산됨

13 號衣 : 병졸이나 관청의 하급관리들이 입는 제복

14 石庫門 : 19세기 중엽 이후 상해의 대표적인 민간 건축 양식으로, 돌로 문틀을 만들고 옻칠한 두꺼운 목재판으로 문을 만들었기 때문에 석고문이라고 한다. 서양문화와 중국전통 민간주택의 특징이 융합된 대표적인 건축물이기도 하다.

15 천연궤(天然几) : 응접실 정면에 두는 장식 가구

16 육가석교는 상해의 현성과 조계지의 경계이다. 현성은 길이 좁아 인력거나 마차가 다닐 수 없었지만 조계지는 도로와 거리가 비교적 넓고 정비되어 있어 인력거와 마차가 다닐 수 있었다.

17 결혼한 여자 고용인을 '아주머니(娘姨)'라고 불렀다. 단순히 기루에서 혹은 기녀가 일방적으로 고용하는 것이 아니고 아주머니도 일부 돈을 투자하고 기녀의 일을 돕는다. 만약 기녀가 일을 하지 않으면 자신의 수입에도 영향을 주기 때문에 손님 끌어오는 일, 손님 비유 맞추는 일 등에 관여하고 일하지 않으려는 기녀들을 설득하기도 한다.

18 어린 여자 하인, 즉 결혼하지 않은 여자 하인을 '대저(大姐)'라고 한다. 전족을 하지 않은 발을 가진 여자라는 것에서 유래했다.

19 榻床 : 탑상은 앉거나 누울 수 있어 의자와 침대를 겸하는 가구로, 기루에서는 여기에 누워 아편을 피웠다.

20 이급 기루에서는 나이 구분 없이 모든 손님을 '큰 도련님(大少爺)'이라고 불렀다.[장]

21 만두는 유방을 가리키는데, 성적 행위를 의미한다.

02

애송이는 아편을 피우다 공연히 웃음거리가 되고,
어린 기녀는 술자리 이야기로 쓸데없이 조롱하다

小夥子裝煙空一笑 淸倌人喫酒枉相譏

네 사람은 취수당을 떠나 서기반가 북쪽으로 걸어 나왔다.
모퉁이 맞은편에 있는 보합루로 들어가 중앙 대청 뒤쪽 작은
정자간[1]을 골라 앉았다. 종업원은 담배와 차를 내놓으며 주문
을 받았다. 홍선경은 기본 요리를 주문하고 탕과 밥을 각각
하나씩 추가하였다. 종업원은 식탁보를 깔고 마른안주를 내
놓고 가스등을 밝혔다. 시간은 벌써 여섯 시를 지나고 있었다.
홍선경은 술을 데워 오라고 하고 장소촌을 상석에 앉게 하였
다. 그러자 소촌은 극구 사양하며 어렵게 장여보에게 양보했
다. 장소촌은 그다음 자리에, 조박재는 세 번째 자리에, 홍선경
은 주인석에 앉았다.

종업원이 요리 두 접시를 올렸다. 장여보는 또 홍선경과 사업이야기를 시작했고 장소춘도 몇 마디 거들었다. 조박재는 모르기도 하거니와 들을 마음도 없었다. 그는 오직 대청 옆 서재에 온통 마음이 가 있었다. 시끌벅적한 악기 소리와 노래 소리를 듣고 있자니 가만히 앉아 있을 수가 없었다. 그래서 화장실에 가는 척하며 빠져나와 유리창 밑으로 들여다보았다. 원탁 하나에 여섯 명의 손님이 앉아 있었다. 기녀들이 겹겹이 둘러싸고 있고 아주머니들과 어린 여자 하인들도 끼여 있어 방안은 사람들로 꽉 메워져 있었다. 그들 가운데 바깥에 앉은 검붉은 얼굴색에 세 가닥 검은 수염을 기른 뚱보가 부른 기녀는 두 명이었다. 오른쪽 기녀는 이황(二黃) 곡조의 〈채상(采桑)〉[2]을 부르고 있었는데, 얼굴이 비파에 가려 보이지 않았다. 왼쪽 기녀는 나이가 좀 있어 보이지만 기품이 있고 멋스러웠다. 뚱보가 술내기 화권[3]에 지자 왼쪽에 앉은 그 기녀가 대신 술을 마시려고 하였다. 그러나 뚱보는 그녀의 손을 막으며 못 마시게 하고 자기가 마시려고 입술을 쭉 내밀었다. 그런데 갑자기 노래를 부르던 기녀가 비파 연주를 멈추고 소매 아래로 손을 뻗어 슬쩍 그 술잔을 낚아채 가서 조용히 자신의 아주머니에게 마시라고 건네주었다. 그것을 미처 보지 못한 뚱보가 헛잔을 들이키자 방안 사람들은 방이 떠나갈 듯 웃었다.

조박재는 그 광경을 보고 있자니 진심으로 부러웠다. 그때 밉상스럽게도 흥이라곤 전혀 모르는 종업원이 식사를 청하는 바람에 박재는 마지못해 자리로 돌아가야 했다. 작은 접시 요리 여섯 가지가 계속 올라와도 장여보는 여전히 손짓발짓을 해가며 이야기를 끊임없이 하였다. 종업원은 술을 많이 마시지 않는 것을 보고 곧바로 식사를 준비하러 갔다. 홍선경이 모든 사람에게 술 한 잔씩을 올리고 난 후, 모두 각자 자리에 앉아 죽을 먹고 나서 얼굴을 닦고 편히 앉았다. 종업원이 계산서를 가지고 오자 홍선경은 대충 훑어보고 영창삼점으로 달아 놓으라고 했다. 종업원은 대답을 하고 나갔다.

네 사람은 서로 앞을 양보해가며 막 중앙 대청을 지나가는데 마침 그 뚱보가 대청 밖에 있는 화장실에 다녀오고 있었다. 그는 이미 거나하게 취해 벌게진 얼굴로 홍선경을 보며 큰 소리로 말했다.

"선옹께서도 여기에 계셨네, 잘됐어. 안으로 들어가시게."

그는 다짜고짜 홍선경을 잡아당기면서 또 나머지 세 사람을 막아서며 말했다.

"함께 이야기나 나누시지요."

그러나 장여보는 작별 인사를 하고 먼저 나갔다. 장소촌도 조박재에게 눈짓을 하며, 함께 홍선경에게 작별 인사를 하고 보합루에서 나왔다. 조박재는 걸어가며 중얼거렸다.

"왜 가자고 했어? 옆에서 얻어 마시는 술은 북적거려줘야 하잖아."

그러자 장소촌은 한마디 쏘아붙였다.

"그 사람들은 장삼서우[4]를 부르는데, 자네는 요이[5]를 부르면 체면이 말이 아니잖아!"

박재는 그제야 이유를 알게 되었다. 그리고 잠시 생각을 하고 말했다.

"장여보는 아마도 육수림 쪽에 갔을 것 같은데, 우리도 차 마시러 육수보에게 갈까?"

장소촌은 또 콧방귀를 뀌며 말했다.

"자네에게 같이 가자고 하지도 않았는데, 뭐 하러 그를 찾아가? 괜히 미움만 사!"

"그러면 어디에 가지?"

그러자 소촌은 냉소를 짓고 천천히 말을 풀어놓았다.

"하긴 자네를 탓할 수도 없지. 상해에 처음 왔으니까 놀 거리가 얼마나 많은지 알 턱이 있나? 내 생각에 장삼서우는 말할 것도 없고 요이에게도 가지 않는 게 좋아. 그 애들은 워낙 큰 술자리에 익숙하기 때문에 자네가 삼사십 원을 쓴다 해도 눈 하나 까딱하지 않아. 더구나 육수보는 아직 머리를 올리지 않은 기녀야. 자네, 머리를 올려줄 몇백 정도는 가지고 있어? 아무리 적게 쓴다 해도 백 이상인데, 자네가 감당 못 해. 놀고 싶으면 실속 있는 곳으로 가는 게 차라리 낫지."

"그런 곳이 어디야?"

"가고 싶다면 내가 동행해주지. 장삼서우와 비교하면 장소는 조금 좁지만, 인물은 뭐 비슷해."

"그럼 가봐."

소촌은 발걸음을 멈추고 둘러보니 마침 경성은루 앞을 지나고 있었다.

"가려면, 이쪽으로 가야 해."

그리고 바로 박재를 돌려세워 남쪽으로 걸어가서 타구교(打狗橋)를 지나 프랑스 조계지로 들어갔다. 신가 맨 끝까지 걸어 들어가자 어느 집에 이르렀다. 문머리에는 검게 그을린 유리등이 걸려 있었다. 문을 열고 들어서는데 바로 눈앞에 사다리 계단이 나타났다. 박재는 소촌을 따라 올라갔다. 반 칸짜리 이 층 방은 아주 비좁았다. 왼쪽에는 검은 칠을 한 널찍한 침대가 하나 있고 오른쪽에는 널빤지를 올려놓고 탑상으로 사용하고 있었다. 그 탑상은 바깥 사다리 맞은편에 설치되어 있었다. 창가 쪽에는 삼나무 화장대와 그 양쪽으로 '川'자 모양의 교의[6]가 놓여 있었다. 이 가구들은 오히려 화려했다. 박재는 방에 아무도 없어 장소촌에게 조용히 물었다.

"여기가 요이야?"

"요이가 아니라 '아이'야."

"아이가 요이보다 좀 싼가?"

소촌은 웃기만 했다. 그때 갑자기 아래층에서 큰 소리가 들려왔다.

"아가씨, 올라가세요."

두어 번 부르는 소리에 누군가가 멀리서 대답을 하고 히죽거리며 왔다. 박재가 자꾸 묻자 소촌이 황급히 말해주었다.

"여긴 아편굴[7]이야."

"그런데 왜 아이라고 하지?"

"그 여자 이름이 왕아이(王阿二)야. 가만히 앉아 있어, 쓸데없는 말 하지 말고."

말이 미처 끝나기도 전에 그 왕아이가 올라왔다. 박재는 바로 입을 다물었다. 왕아이는 소촌을 보자 펄쩍펄쩍 뛰며 큰 소리로 말했다.

"안녕하세요. 날 속였죠? 두세 달 뒤에 오겠다고 하고선 지금에서야 오셨군요! 두세 달이 이삼 년은 된 것 같아요. 내가 아주머니에게 몇 번이나 가보라고 했는데, 그럴 때마다 아직 안 왔다고 하니, 내가 믿을 수 있나요. 이웃집 곽 노파에게도 가보라고 했더니, 안 왔다고 그러고. 당신 입은 방귀만 뀌나요. 뱉은 말 중에 한 마디라도 지킨 적이 있어요? 날 기억해야 할 거예요. 다시 안 왔다간 아예 당신에게 따지러 갈 테니까, 두고 보세요!"

소촌은 웃으며 용서를 구했다.

"화내지 마, 할 말이 있어."

그리고 왕아이의 귀에 대고 소곤거렸다. 그런데 몇 마디 하기도 전에 왕아이가 펄쩍 뛰며 화를 냈다.

"당신 정말 영악해! 당신은 젖은 옷을 다른 사람에게 입으라고 벗겠다는 거예요?"

소촌은 조바심이 났다.

"아니야, 내 말 끝까지 들어봐."

왕아이는 또 소촌의 가슴에 바짝 붙어서 들었다. 그래도 중얼중얼 무슨 말인지 알아듣지 못했다. 소촌이 말하면서 입을 내밀며 가리키자, 왕아이는 고개를 돌려 조박재를 힐끔 쳐다보았다. 이어 또다시 소촌이 몇 마디 더 붙였다. 왕아이가 말했다.

"당신은 좀 어때요?"

"나야 여전하지 뭐."

왕아이는 그제야 일어나 등불을 켜고 박재 이름을 물어보며 머리부터 발끝까지 자세히 훑어보았다. 박재는 다른 곳으로 고개를 돌려 족자를 보는 척했다. 늙은 아주머니가 한 손에는 물주전자를, 한 손에는 아편고[8] 두 통을 들고 사다리 계단으로 올라왔다. 그 아주머니도 소촌을 보고 말했다.

"아이고, 장 선생님. 우리는 영영 안 오시는 줄로만 알고 있었는데, 양심이 있긴 있었군요."

왕아이가 말했다.

"칫, 이 인간에게 양심이 있다면 개도 똥을 먹지 않겠지!"[9]

그러자 장소촌이 웃으며 말했다.

"내가 왔는데도 자꾸 양심이 없다고 하면, 내일부터 오지 않을 거야."

왕아이도 웃으며 말했다.

"당신이 어떻게 감히!"

그때, 늙은 아주머니는 아편통을 아편 소반에 내려놓고 연등[10]에 불을 붙였다. 그리고 찻잔에 차를 따르고 나서 주전자를 들고 내려갔다. 왕아이는 소촌에게 기대어 불을 붙이다가 박재가 혼자 앉아 있는 것을 보고 말했다.

"탑상에 누워요."

박재는 말 한 마디가 간절했던 터라 그 말이 떨어지자마자 탑상의 아래쪽에 누웠다. 그리고 왕아이가 한 번 피울 양의 아편을 끓여 담뱃대에 채워 소촌에게 건네주었다. 그녀는 소촌이 '숙숙' 소리를 내며 아편을 끝까지 피우는 것을 보고 한 모금 양의 아편을 끓여 소촌에게 다시 주었다. 세 번째 아편을 주자 소촌이 말했다.

"이제 됐어."

그러자 왕아이는 그 담뱃대를 박재에게 주었다. 박재는 아편이 익숙하지 않아 반쯤 빨아 당기는데, 그만 대통이 막히고 말았다. 왕아이는 담뱃대를 도로 가져가서 꼬챙이로 뚫어주었다. 그러나 다시 피우다 또 막혀버렸다. 왕아이가 피식 웃자 박재는 화도 나고 그녀의 웃음거리가 되었다고 생각하니 마음이 더욱 간질간질해졌다. 왕아이는 꼬챙이로 담뱃대 구멍을 뚫어주고 대신 불을 잡아주었다. 박재는 그때를 놓치지 않고 그녀의 손목을 덥석 잡았다. 왕아이는 손을 뿌리치며 박재의 허벅지를 세게 꼬집었다. 박재는 따갑고 아팠지만 한편 시원하기도 했다. 박재는 아편을 다 피우고 슬쩍 소촌을 힐끗 보았다. 소촌은 눈을 감고 잠이 든 듯 만 듯 몽롱하게 취해 있었다. 박재가 조용히 그를 불러보았다.

"소촌형."

두 번이나 불렀지만 소촌은 손만 내저을 뿐이었다. 왕아이가 말했다.

"아편에 취했으니, 내버려둬요."

왕아이의 말에 박재는 더 이상 부르지 않았다. 왕아이는 아예 박재 쪽으로 바짝 달라붙어 꼬챙이를 가져와 불을 붙였다. 박재의 마음은 발갛게 달구어진 숯마냥 뜨거워졌지만, 소촌을 깨울까 봐 수작은 엄두를 내지 못하고 넋을 빼고 그녀를 뚫어지게 쳐다보고만 있었다. 눈처럼 하얀 얼굴, 칠흑같이 까만 눈썹, 반짝이는 눈동자, 붉은 피를 똑똑 떨어뜨린 듯한 입술은 보면 볼수록 사랑스럽고, 사랑스러워서 더욱 눈을 떼지 못했다. 왕아이는 이런 그를 보고 웃으며 물었다.

"뭘 봐요?"

박재는 순간 말문이 막혀 히죽거리기만 했다. 왕아이는 박재가 경험이 없는 총각인 것을 눈치챘지만 이렇게까지 숫기 없는 모습을 보니 오히려 짜증이 나서 아편을 채워 넣고 담뱃대 물부리를 박재의 입에 갖다 물렸다.

"자, 피워봐요."

그리고 자신은 일어나 탁자 위에 있는 찻잔을 들어 차를 한 모금 마셨다. 돌아보니, 박재는 아직도 아편을 피우지 않고 있었다. 그래서 물었다.

"차 마실래요?"

왕아이는 자신이 마시던 찻잔을 박재에게 건네주었다. 박재는 재빨리 일어나 양손으로 받으려다 그만 왕아이와 정면으로 부딪치고 말았다. 옷은 찻물에 다 젖어버리고 잔은 하마터면 깨질 뻔했다. 그 모습을 보고 왕아이는 깔깔 웃기 시작했다. 이 웃음소리에 소촌도 깨어나 눈을 비비며 물었다.

"왜들 웃어?"

왕아이는 소촌의 멍한 표정을 보고 이제는 아예 허리를 잡고 손뼉을 치며 숨이 넘어가도록 웃었다. 박재도 따라 웃었다. 소촌은 일어나 앉으며 하품을 하고 박재에게 말했다.

"이제 가자."

박재는 그가 이 아편으로는 아무래도 부족하여 돌아가려고 한다는 것을 알기에 마지못해 알겠다고 대답했다. 왕아이와 소촌 두 사람은 조용히 몇 마디를 나누었다. 소촌은 이야기를 끝내고 곧장 내려갔다. 박재가 뒤따라가려고 하는데 왕아이가 박재의 소매를 잡아당기며 조용히 말했다.

"내일 당신 혼자 와요."

박재는 고개를 끄덕이고 얼른 소촌을 따라갔다. 그 두 사람은 열래 객잔으로 돌아와 불을 켰다. 소촌은 흡족해질 때까지 아편을 더 피우려고 준비했고 박재는 먼저 잠자리에 들었다.

박재는 이불 속에서 생각을 했다.

'소촌이 한 말이 틀리지 않았구나. 게다가 왕아이가 나에게 마음이 있으니 이것도 연분이야. 그래도 육수보를 잃을 순 없지. 수보가 분명 왕아이보다 조금 더 예쁘잖아. 두 사람 다 챙기려면 비용이 부족할 것 같은데.'

그는 이 생각 저 생각으로 뒤척이며 잠을 이루지 못했다.

잠시 뒤 소촌은 충분히 아편을 피운 다음 재를 털고 손을 씻고 잠자리에 들 준비를 했다. 박재는 다시 옷을 걸치고 일어나 물담뱃대를 들고 몇 모금 피고 다시 잠자리에 들었다. 어느새 잠이 든 박재는 아침 여섯 시에 일어나 사환에게 세숫물을 가져오라고 해서 세수를 했다. 거리로 나가서 간단하게 요기를 하고, 그 참에 구경이나 해야겠다고 생각했다. 소촌을 보니 코를 골며 자고 있었다. 그래서 방문을 닫고 혼자 보선가로 나와 석로 입구에 있는 장원관(長源館)에서 이십팔 전짜리 고기칼국수[11]를 먹었다. 석로를 지나 사마로로 돌아 들어가서 이쪽저쪽을 구경하며 천천히 걸었다. 그때 쓰레기차가 내려왔다. 몇 명의 인부가 긴 삽으로 쓰레기를 차에 퍼 담는데 쓰레기들이 사방으로 흩날리며 떨어졌다. 박재는 옷에 묻을까 잠깐 기다렸다가 객잔으로 돌아가려고 하였다. 그런데 뜻밖에도 앞을 보니 바로 상인리(尚仁里)였다. 듣기에 이곳 상인리 전체가 장삼서우라고 하던데, 구경이나 할까 하고 골목으로 들어섰다. 골목 집집마다 문 위에 기녀 이름이 적힌 붉은 간판들이 걸려

있었다. 그 가운데 돌기둥 문머리에 '위하선서우(衛霞仙書寓)'
라 적힌 간판이 걸린 집이 있었다. 검은 바탕에 금색 글씨였다.
박재는 그 문 앞에 서서 안을 들여다보았다. 한 아주머니는 머
리를 풀어 헤친 채 뜰에서 빨래를 하고 있고 남자 하인은 거실
에서 다리를 꼬고 앉아 각양각색의 서양식 유리등을 닦고 있
었다. 그때 열네댓 살 되어 보이는 여자 하인 하나가 구시렁거
리며 대문 밖으로 뛰쳐나오다 박재의 가슴팍에 머리를 부딪
히고 말았다. 박재가 화를 내려는데 그 어린 여자 하인이 먼저
욕을 퍼부었다.

"네 어미를 죽이겠어, 눈을 어디다 달고 있어!"

박재는 이 애교 넘치는 목소리를 듣자마자 치밀어 올랐던
화가 말끔히 사라졌다. 게다가 얼굴도 반반하고 몸매도 날씬
한 것을 보고 오히려 히죽거리기까지 했다. 그 여자 하인은 박
재를 밀치고 돌아서 다시 뛰쳐나갔다. 갑자기 한 노파가 안에
서 문 앞까지 뛰어나오며, 큰소리로 '아교(阿巧)야' 하고 불러
손짓을 했다.

"돌아와."

여자 하인은 그 말에 입을 삐죽이고 구시렁거리면서 느릿
느릿 돌아왔다. 노파는 들어가려다 박재가 조금 이상해서 잠
시 걸음을 멈추고 어떤 사람인가 하고 훑어보았다. 박재는 겸
연쩍어 천천히 걸음을 옮겨 북쪽으로 난 골목길을 빠져나갔
다. 쓰레기차는 이미 가고 없었다. 화중회루(華衆會樓)로 가서

53

차를 시켜 예닐곱 번을 우려 마시다 거의 열두 시가 다 되어서 객잔으로 돌아왔다.

소촌도 이제 일어나 있었다. 객잔의 사환은 점심을 가져왔다. 두 사람은 함께 식사를 마치고 얼굴을 닦았다. 박재가 차를 마시러 취수당에 가겠다고 하자 소촌은 웃으며 말했다.

"지금 이 시간이면 기녀들은 모두 자고 있을 텐데, 가서 뭘 하려고?"

그 말에 박재는 어찌할 방법이 없었다. 소촌은 아편소반을 내놓고 누워 아편을 피웠다. 박재도 자기 침대에 누워 휘장 꼭대기를 뚫어져라 쳐다보며 속으로 머리를 굴리면서 오른손 손톱을 앞니로 물어뜯었다. 잠시 후 일어나 방 안을 왔다 갔다 수백 바퀴를 돌았다. 소촌이 아편 피우는 걸 보고 더 이상 재촉하지도 못하고 '휴' 하고 한숨만 내쉬고 다시 침대에 드러누웠다. 소촌은 속으로 웃었지만 그냥 내버려두었다. 소촌이 충분히 아편을 피운 것을 보자 박재는 네댓 번이나 계속 졸랐다. 소촌은 마지못해 박재와 함께 취수당으로 갔다. 남자 하인 두 명과 아주머니가 응접실에서 마작을 두고 있었다. 그중 한 명이 급히 골패를 내려놓고 계단으로 가서 소리를 질렀다.

"손님 오셨습니다."

박재가 성큼성큼 먼저 올라가고 소촌이 그 뒤를 따랐다. 육수보는 창가 탁자 앞 자색의 박달나무로 만든 서양식 경대 앞에서 머리를 빗고 있었다. 양가모가 뒤에서 참빗으로 머리를 빗겨주고 있고 한쪽에서는 어린 여자 하인이 떨어진 머리카락을 치우고 있었다. 소촌과 박재는 각각 탁자에 놓인 의자에 앉았다. 육수보는 웃으며 소촌에게 물었다.

"점심은 드셨어요?"

"조금 전에 먹었어."

"무슨 일로 이렇게 일찍 오셨어요?"

그러자 양가모가 끼어들었다.

"객잔이 다 그렇죠. 열두 시가 되면 식당을 열어야 되잖아요. 우리와 다르죠. 우린 규칙이라는 게 없으니 늦을 수도 있지요!"

그때 어린 여자 하인이 담뱃대 불을 붙이고 박재에게 물담배를 채워주었다. 수보는 바로 아편을 피울 수 있도록 소촌을 탑상으로 모셨다. 소촌은 탑상에 누워 아편을 피우기 시작했다. 남자 하인은 물주전자를 가져와 차를 우려내고 양가모는 물수건을 짰다. 박재는 수보를 보고 있었다. 수보는 머리단장을 끝내고 남색 양목 저고리를 벗고 검은색 주름 조끼를 입고 서양식 벽거울 앞으로 가서 자신을 이리저리 비추며 살폈다. 그때 갑자기 옆방에서 양가모를 부르는 소리가 들렸다. 육수림의 목소리였다. 양가모는 대답을 하고 경대를 정리하고 육수림의 방으로 건너갔다. 소촌이 수보에게 물었다.

"장 도련님은 여기에 계신가?"

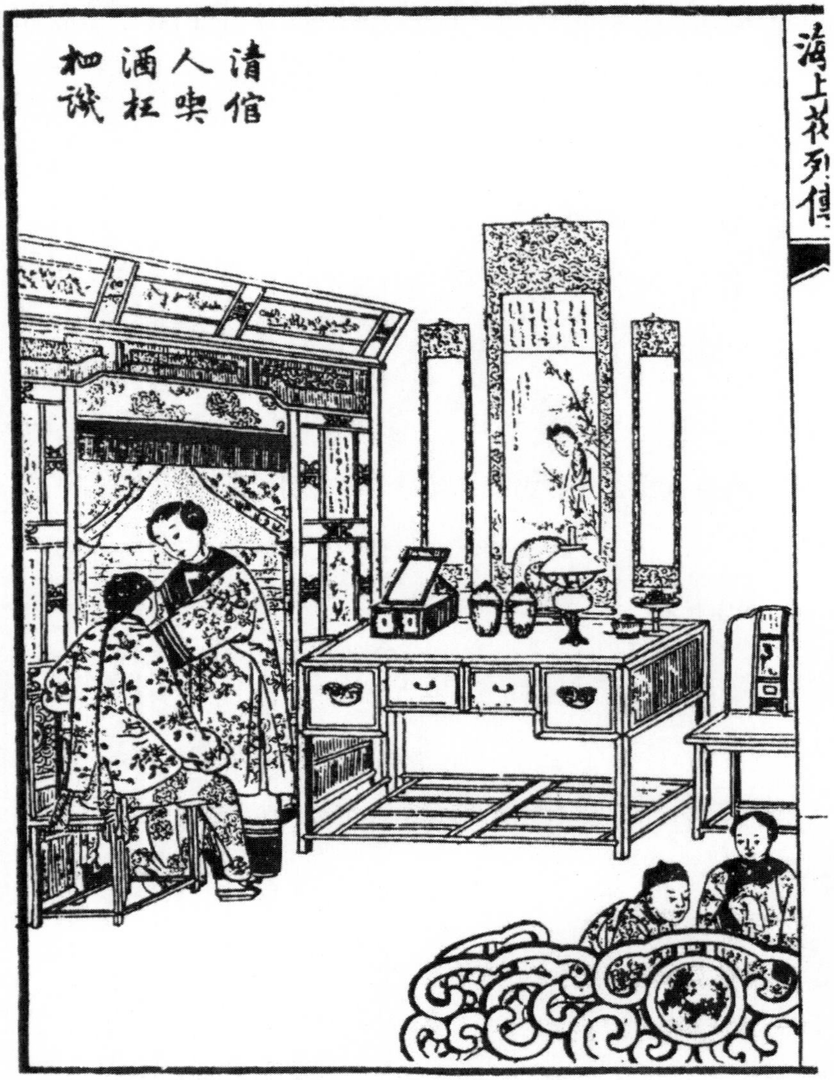
清倌人喫酒枉相譏
海上花列傳

수보가 고개를 끄덕였다. 박재는 바로 인사하러 가겠다고 나섰다. 그러자 소촌은 그를 냉큼 불러 세웠다. 수보도 박재의 소매를 끌어당겼다.

"앉아 계세요."

박재는 그녀가 잡아당기는 바람에 침대 앞 등나무 의자에 풀썩 주저 앉게 되었다. 수보도 바로 박재의 무릎 위에 앉아 그에게 소곤거렸다. 그러나 박재는 멍하니 보고만 있고 무슨 말인지 알아듣지 못했다. 수보가 다시 한 번 더 말해주어도 박재는 무슨 말인지 알지 못했다. 수보는 갑갑하다 못해 이를 부득부득 갈며 원망 어린 말투로 말했다.

"당신이라는 사람 정말!"

그리고 잠시 생각을 하더니 또다시 박재를 잡아당겼다.

"이리 와봐요. 다시 말해줄게요."

두 사람은 소촌을 등지고 침대에 가로질러 누웠다. 수보는 알아듣게끔 조곤조곤 말해주었다. 잠시 후, 수보가 갑작스럽게 깔깔 웃음을 터뜨리며 말했다.

"아이! 이러지 말아요!"

얼마 지나지 않아 또 소리를 질렀다.

"아이! 양가모, 빨리 와봐."

이어서 '아야야' 하는 소리가 멈추지 않았다. 양가모는 옆방에서 뛰어와서 정중하게 말했다.

"조 도련님, 이러지 마세요!"

박재는 마지못해 손을 멈추었다. 수보는 일어나 귀밑머리를 매만지고 양가모는 베갯머리 밑에서 은실로 만든 나비 핀을 주워 수보의 머리에 꽂아주며 말했다.

"조 도련님이 이러시면 안 되죠! 우리 수보 아가씨는 아직 머리를 얹지 않은 어린 기녀란 말이에요."

박재는 웃기만 하고 탑상으로 가서 소촌과 비스듬하게 마주보고 조용히 말했다.

"수보가 나에게 술자리를 만들라고 하는데."

"그렇게 할 거야?"

"그러겠다고 했어."

소촌은 냉소를 짓고 한참 있다가 말을 꺼내기 시작했다.

"수보는 어린 기녀야, 알기나 해?"

수보가 말을 싹둑 잘랐다.

"그게 어때서요, 어린 기녀는 술 마시러 오는 손님도 없어야 하나요?"

그러자 소촌이 냉소를 지으며 말했다.

"어린 기녀하고는 술 마시는 건 되고 만지는 건 안 된다는 건 너무 심하잖아?"

"장 도련님, 우리 이모가 실수한 말을 가지고 뭐가 그렇게 중요하다고 그러세요? 장 도련님은 조 도련님 친구잖아요. 저도 당신 도움 좀 받고 싶어요. 왜 조 도련님을 부추겨서 저에게 괜히 트집을 잡고 그래요?"

양가모도 한마디 거들었다.

"조 도련님에게 소란 피우지 말라고 했지, 잘못 말하지는 않았어요. 잘못했다면 조 도련님에게 죄를 지은 거죠. 조 도련님도 말할 줄 아는데, 왜 옆에서 그래요?"

수보가 말했다.

"다행히 우리 조 도련님은 분별 있는 분이니까, 친구들 말을 듣는 것도 좋죠."

수보의 말이 채 끝나기도 전에 갑자기 아래층에서 소리가 들려왔다.

"양가모, 홍 도련님 오셨어."

그러자 수보는 얼른 입을 다물었다. 양가모는 황급히 맞이하러 나가고 박재도 일어나 기다렸다. 그런데 뜻밖에도 발걸음은 옆방 장여보 쪽으로 향했다.

---

1 亭子間 : 상해의 옛날 집 구조에서 본채 뒤쪽 주방 위에 있는 작은 방이나 아래층과 위층 계단 사이에 있는 작은 방. 다락방, 골방 종류
2 희곡 곡조 중 하나로, 경극 등에서 '서피(西皮)'라는 곡조와 함께 사용한다. '이황'은 장중하고, '서피'는 명랑하다.
3 劃拳 : 술자리에서 흥을 돋우기 위해 하는 놀이. 두 사람이 동시에 손가락을 내밀면서 각기 0~10 중에서 한 숫자를 말하는데, 말하는 숫자와 쌍방에서 내미는 손가락의 합이 서로 맞으면 이기는 것으로 친다. 지는 사람이 벌주를 마신다.
4 長三書寓 : 19세기 말 당시 상해 기루에서는 고급기녀를 '장삼서우'라고 하였다. 엄밀하게 말하자면 '서우(書寓)'는 고급기녀가 사는 곳 혹은 그

들이 공연하는 곳을 말하는 것이었으나 이후 고급기녀를 가리키는 대명
사가 되었다. 그들은 기예를 팔지 몸을 팔지 않는다는 엄격한 규정을 지
킴으로써 명성을 날렸다. '장삼(長三)'은 서우보다 한 단계 낮은 고급기
녀로, 그들 역시 기예를 가진 기녀였으나 서우만큼 전문적인 교육을 받
은 것은 아니었다. 장삼이라는 명칭은 마작의 골패 '長三' 혹은 '三三'에
서 만들어진 것으로, 손님들은 3원으로 그녀들을 부르거나 그녀들에게
찾아가서 차를 마실 수 있었다. 1860년대만 하더라도 서우는 장삼과 함
께 자리를 하지 않았다. 이는 그들 스스로 장삼과 구분하기 위함이었다.
그러나 이후 서우의 숫자가 감소하면서 서우와 장삼이 한데 사용되어
장삼서우는 고급기녀의 대명사가 되었다.

5 幺二 : 고급기녀보다 한 등급 낮은 이급 기녀를 '요이'라고 하였다. 요이
   라는 명칭 역시 골패 '二二', '二三'과 '幺二'에서 나왔는데, 손님들은 2
   원으로 그녀들을 부를 수 있었다. 이들은 기예를 배우지 않은 기녀들이
   었다.

6 원문은 고의(高椅)이다. 다리가 높고 등받이가 비교적 긴 의자를 말한
   다. 일률적으로 '고의'를 '교의(交椅)'로 번역하였다.

7 기녀가 있는 아편관

8 연고(煙膏) : 생아편을 끓여 고약 형태로 만든 아편

9 '개는 똥 먹는 버릇 못 고친다.'라는 중국 속담이 있다. 본성이나 버릇은
   쉽게 바뀌지 않음을 비유한다.

10 煙燈 : 아편 피울 때 아편에 불을 붙이는 작은 등

11 민육대면(燜肉大麵) : 삼겹살을 삶아 올린 칼국수

03

어린 기녀의 이름을 지어 간판을 내걸고,
속례를 따지는 새파란 양아치는 상석을 뒤집다

議芳名小妹附招牌 拘俗禮細崽翻首座

잠시 후 홍선경과 장여보는 육수보의 방으로 건너왔다. 장소촌과 조박재는 황급히 인사를 하고 자리를 양보했다. 박재는 소촌에게 술자리 건을 대신 말해달라고 슬며시 부탁했다. 그러나 소촌은 쓴웃음만 살짝 짓고 가만히 있었다. 육수보는 박재의 마음을 읽고 불쑥 끼어들었다.

"술 마시는 게 뭐 그렇게 부끄러운 일이에요? 두 분을 술자리에 초대하겠다는 이 말 한마디면 되잖아요."

박재는 마지못해 그 말을 따라 했다. 장여보가 웃으며 말했다.

"당연히 함께 해야지."

홍선경은 잠시 생각을 하고 나서 말했다.

"네 사람뿐인데?"

박재가 말했다.

"너무 적지요."

그리곤 장소촌에게 물었다.

"오송교(吳松橋)가 어디에 있는지 알아?"

"의대(義大)양행에 있겠지. 자네가 어떻게 초대하러 가겠어! 내가 대신 갈게."

"그러면 대신 수고해주겠어?"

소촌이 그러겠다고 대답하자 박재는 또 홍선경에게 두 사람을 더 초대해달라고 부탁했다. 장여보가 말했다.

"진소운(陳小雲)을 초대하게."

홍선경이 말했다.

"누구라도 만나게 되면 그 사람과 같이 오겠네."

말을 마치고 홍선경은 일어나며 또 말했다.

"그러면 처리할 일이 몇 가지 있어서 갔다가 여섯 시에 다시 오겠네."

박재는 또 한 번 공손하게 부탁하였다. 육수보가 홍선경을 배웅하려고 방을 나가자 장여보도 그 뒤를 따라 나서며 홍선경을 불러 세웠다.

"진소운을 만나면 여전홍이 물건을 가져갈 수 있는지 대신 물어봐 주게."

홍선경은 대답을 하고 아래층으로 내려가 곧장 서기반가를 빠져나왔다. 마침 인력거 한 대가 지나가고 있었다. 선경은 그 인력거를 잡아타고 사마로에 있는 서회방리(西薈芳里)까지 갔다. 그는 몇 푼을 지불하고 심소홍서우(沈小紅書寓)가 있는 골목길로 들어섰다. 심소홍의 집 마당에 서서 '아주(阿珠)' 하고 불렀다.

어떤 아주머니가 이 층 창문으로 얼굴을 내밀고 보았다.

"홍 나리, 올라오세요."

"왕 나리 계신가?"

"아니요. 한 사나흘 오지 않으셨어요. 어디에 계신지 아세요?"

"나도 며칠 동안 만나지 못했네. 선생은?"

"선생은 마차 타러 외출했어요. 올라오셔서 잠깐 앉으세요."

그러나 홍선경은 벌써 발길을 돌려 문을 나서며 말했다.

"됐네."

아주는 또 크게 말했다.

"왕 나리 만나시면 함께 오셔요."

선경은 그러겠다고 대충 말하고 나갔다. 그는 동안리를 지나 곧장 삼마로로 빠져나와 공양리(公陽里) 주쌍주(周雙珠)의 집으로 갔다. 응접실을 지나가는데 하인이 '홍 나리께서 오셨습니다.' 하고 알렸다. 그런데 이 층에서는 아무런 반응이 없었다. 선경이 올라가 보아도 조용했다. 직접 주렴을 걷어 올려

들여다보았지만 아무도 없었다. 선경은 탑상으로 가서 앉았다. 그때 주쌍주가 물담뱃대를 들고 건넛방에서 천천히 걸어들어왔다. 그녀는 선경을 보고 미소를 지으며 말했다.

"어제 저녁 보합루에 가셨다가 다시 어디로 가셨어요?"

"바로 집으로 돌아갔어."

"친구분들과 차 마시러 오는 줄 알고 아주머니에게 잠시 기다리라고 했는데, 바로 돌아가셨군요."

홍선경은 웃으며 말했다.

"미안하네."

주쌍주도 웃으며 탑상 앞 등받이 없는 작은 의자에 앉아 물담배를 채워 선경에게 건네주었다. 선경이 손을 뻗어 잡으려고 하는데 쌍주가 말했다.

"됐어요. 제가 해드릴게요."

주쌍주는 물담뱃대를 선경 입에다 물려주었다. 선경이 한 모금 빨아 당겼다. 그때, 갑자기 대문 앞에서 '퍽퍽' 싸우는 소리가 응접실까지 소란스럽게 들려왔다.

선경은 놀라서 물었다.

"무슨 일이야?"

"또 아금(阿金) 부부겠죠. 하루 종일 싸워도 끝이 안 나. 아덕보(阿德保)도 못됐어."

선경은 창가로 가서 내려다보았다. 아금은 아덕보의 머리채를 잡으려고 애를 써보지만 꼼짝달싹하지 못했다. 오히려 아덕

64

보가 그녀의 쪽머리를 움켜쥐고 누르자 아금은 땅바닥으로 벌렁 엎어졌다. 그녀는 더 이상 힘으로 버틸 수 없자 씩씩거리며 고래고래 소리를 질렀다.

"그래 때려!"

아덕보는 소리 한 번 내지 않고 아금의 등을 한쪽 다리로 누르고 어깨부터 엉덩이까지 북 치듯 마구 때렸다. 아금은 돼지 멱따는 소리 같은 괴성을 질러댔다. 쌍주는 차마 더는 들을 수 없어 창가로 가서 소리쳤다.

"뭣들 할 셈이야! 부끄럽지도 않아?"

아래층 다른 사람들도 일제히 말렸다. 그제야 아덕보가 그만 멈추었다. 쌍주는 선경의 팔을 잡아당기며 자기 쪽으로 돌려세우고 웃으며 말했다.

"그만 봐요."

그리고 물담뱃대를 선경에게 주며 계속 담배를 피우게 하였다. 잠시 후 아금이 올라왔다. 그녀의 입술은 불퉁하게 불거졌고 얼굴은 눈물로 범벅되어 있었다. 쌍주가 말했다.

"하루 종일 싸워도 끝이 없어. 손님이 오든지 말든지 신경을 안 쓰겠다는 거야."

"아덕보가 내 모피 저고리를 전당포에 저당 잡혀 놓고선 오히려 나를 때리잖아요!"

그녀는 말을 하다 말고 또 울었다.

"그래도 무슨 할 말이 있다는 거야? 조금만 영리하게 굴어

봐, 그럼 당장 손해는 안 보잖아."

아금은 아무 말 없이 찻잔의 찻잎을 긁어 담고 혼자 응접실로 가서 앉아 울었다. 이어 아덕보가 물주전자를 가지고 방으로 들어왔다.

"너는 왜 아금을 때리고 그래?"

아덕보가 웃으며 말했다.

"선생님은 뭘 모르세요!"

"아금은 네가 모피 저고리를 저당 잡혔다고 하는데, 사실이야?"

아덕보는 냉소를 지으며 말했다.

"선생님, 아금에게 한번 물어보세요. 전날 탄 곗돈이 어디로 갔는지? 아대(阿大)가 일 배우는데 오륙 원이 필요해서 곗돈을 가져오라고 했는데도 가져오지 않으니까, 모피 저고리를 저당 잡혀서 사 원을 마련했지요. 생각만 해도 열불이 납니다!"

"곗돈이야 아금이 벌어 모은 거니까, 자네가 관여할 수는 없지!"

아덕보가 웃으며 말했다.

"선생님도 잘 아시잖아요. 아금이 정말로 쓴 거라면 괜찮아요. 아금이 어디 쓸 데가 있어요? 황포강에 빠뜨려도 소리가 나는데, 아금에게 들어갔다 하면 전혀 소리가 안 나요!"

쌍주는 옅은 웃음만 짓고 더 이상 말하지 않았다. 아덕보는 찻잔에 물을 따르고 물수건을 짠 다음 내려갔다. 선경은 쌍주 가까이 다가와 조용히 물었다.

"아금에게 애인이 몇 명이나 있어?"

쌍주는 얼른 손을 내저으며 말했다.

"쓸데없이 말 만들지 말아요. 당신은 농담으로 하는 말이지만 아덕보가 들으면 또 난리 나요!"

"자네가 그에게 거짓말을 하는 모양인데, 나도 조금은 알고 있어."

쌍주가 큰 소리로 말했다.

"쓸데없는 소리! 앉아나 봐요, 당신에게 할 말이 있어요."

선경은 자리로 돌아갔다. 쌍주가 말했다.

"엄마가 무슨 말 없었어요?"

선경은 고개를 숙이고 잠시 생각하더니 말했다.

"사람을 사들인다고 했지, 아마?"

쌍주는 고개를 끄덕였다.

"맞아요. 오백 원에 데려와요."

"예쁜가?"

"곧 올 거예요. 아직 못 봤어요. 쌍보보다는 예쁘겠죠."

"방은 어디에 마련했어."

"바로 건넛방이에요. 쌍보는 아래층으로 옮겼어요."

선경은 한숨을 쉬며 말했다.

"쌍보는 잘하려고는 하는데 사실 손해를 봤어. 일을 잘 못

해.”

“엄마가 쌍보 때문에 돈을 많이 까먹었어요.”

“그래도 자네는 쌍보를 잘 봐줘. 그냥 좀 넘어가라고 엄마를 잘 달래주게. 좋은 일 하는 셈 치고 말이야.”

그때 누가 성큼성큼 응접실로 뛰어 들어오며 소리쳤다.

“왔어요! 왔어!”

선경도 빨리 창가로 가서 내려다보았다. 곧바로 여자 하인 교건(巧囝)이 숨을 헐떡이며 뛰어오고 있었다. 선경은 새로 사들인 어린 기녀가 오는 것이라고 알고 쌍주와 함께 창가 난간에 걸터앉아 기다렸다. 쌍주의 생모 주란(周蘭)이 직접 어린 기녀를 부축하며 문을 들어섰다. 교건이 앞장서서 이 층으로 올라왔다. 주란은 선경 앞으로 그 어린 기녀를 데려갔다.

“홍 나리, 보셔요, 우리 작은 선생 어때요?”

선경은 일부러 앞으로 다가가 얼굴을 살펴보았다. 교건은 그 어린 기녀에게 ‘홍 나리’ 하고 인사 올리라고 했다. 그러자 그 어린 기녀는 들릴 듯 말 듯 나직한 목소리로 인사를 하고 부끄러워하며 고개를 돌리는데 귀가 발개져 있었다. 선경은 이렇게 사랑스럽고 귀여운 모습을 보고 진지한 표정으로 말했다.

“아주 훌륭해! 축하합니다! 부자가 되겠습니다!”

주란은 웃으며 말했다.

“귀한 말씀 감사드립니다. 이 아이가 손님 비위를 맞춰주고 우리 셋째 딸처럼만 한다면 이보다 좋을 순 없지요."

주란은 이 말을 하면서 쌍주를 가리켰다. 선경은 쌍주를 돌아보며 웃었다. 쌍주가 말했다.

"시집간 언니들이 좋겠죠. 나 혼자 남아 아무도 데려가지 않고, 엄마가 늙어 죽을 때까지 돌봐야 되는데, 좋긴 뭐가 좋아요!"

주란은 깔깔 웃으며 말했다.

"너는 홍 나리가 계시잖아. 홍 나리께 시집을 가면 쌍복 언니보다 훨씬 좋은 거야. 홍 나리, 안 그래요?"

선경은 웃기만 했다. 주란은 또 홍선경에게 말했다.

"홍 나리, 이름 하나 지어주세요. 이 애가 일을 잘하면 쌍주는 홍 나리께 드릴게요."

"주쌍옥(周雙玉), 어떤가?"

쌍주가 말했다.

"뭐가 좋아요? 또 '쌍', '쌍', 지겨워요!"

그러자 주란이 말했다.

"주쌍옥, 괜찮아요. 기루에서는 이름이 나는 게 좋죠. 주쌍옥이라고 하면 상해에서 누구라도 간판만 보고도 주쌍주의 자매라는 걸 알 테니까, 아예 새로운 이름보다야 좋지요."

교건은 옆에서 웃으며 말했다.

"첫째 선생님 이름 같아요. 주쌍복, 주쌍옥, 비슷하게 들리잖아요?"[1]

그러자 쌍주가 웃으며 말했다.

"네가 뭘 안다고! '비슷하게'라니. 쪽마루²에 가서 말린 손수건이나 갖다 줘!"

교건이 나간 뒤 주란은 쌍옥을 데리고 건넛방으로 갔다. 선경은 날이 어두워지자 일어나려고 하였다.

"왜, 바쁘세요?"

"친구들을 찾아야 해."

쌍주는 일어나긴 했지만 배웅을 하는 듯 마는 듯하며 당부만 하였다.

"나중에 돌아가실 때 들렀다 가시는 거 잊지 말아요."

선경은 대답을 하고 방을 나왔다. 그때 아금은 응접실에는 없었다. 아마도 다른 곳으로 간 모양이었다. 홍선경이 이 층 계단에 이르자 정자간에서 흐느끼는 소리가 희미하게 들려왔다. 주렴 사이로 들여다보니 아금이 아니고 주란이 데리고 있는 어린 기녀 주쌍보(周雙寶)였다. 그녀는 벽을 바라보고 앉아 눈물을 훔치고 있었다. 선경은 그녀를 위로하려고 정자간으로 들어가 말을 붙였다.

"혼자 여기서 뭐 하고 있니?"

주쌍보는 선경을 보고 황급히 일어나 애써 웃어 보이며, '홍 나리' 하고 고개를 숙였다.

선경은 또 물었다.

"아래층으로 옮겨야 한다지?"

쌍보는 고개만 끄덕였다. 선경이 말했다.

"아래층이 위층보다 여러 모로 편리할 거야."

쌍보는 아무 말 없이 손으로 옷깃을 만지작거리기만 했다. 선경은 더 이야기를 하는 게 좋지 않다고 생각되었지만 그래도 몇 마디 덧붙였다.

"좀 한가해지면, 늘 하듯이 이 층 언니 방으로 가서 보내고 이야기도 나누고 해."

쌍보는 그제야 들릴 듯 말 듯 조용히 대답했다. 선경은 그 방을 나와 아래층으로 내려갔다. 쌍보는 계단까지 그를 배웅해주고 돌아갔다.

선경은 공양리를 나와 동쪽으로 돌아 남주금리에 있는 상발(祥發)복권³ 가게로 갔다. 마침 경리 호죽산(胡竹山)이 문 앞에 서서 내다보고 있었다. 선경이 앞으로 와서 안을 흘낏 보니 호죽산은 황급히 안으로 청했다. 선경은 자리에 앉지 않고 선 채로 물었다.

"소운 나리 계신가?"

"방금 주애인(朱藹人) 나리와 함께 나가셨습니다. 술자리인 것 같았습니다."

선경은 다시 호죽산을 초대하며 말했다.

"그러면 우리도 술자리에 가세."

호죽산은 몇 번이고 사양했다. 그러나 선경은 다짜고짜 그를 끌고 서기반가로 갔다. 취수당 육수보의 방에 도착하니 조박재와 장소촌 외에 또 다른 손님이 있었다. 어림짐작으로 오송교라고 생각하고 이름을 물어보니 역시 오송교였다. 호죽산은 모두 모르는 사람들이라 인사를 하고 자리에 앉았다. 모두들 편안하게 앉아 한담을 나누었다.

등을 올리는 시간이 되어도 장여보가 도착하지 않자 육수보에게 물어보니 포구장⁴에 물건을 사러 갔다고 했다. 남자 하인은 원탁을 마련하고 의자를 배치하고 벽에 걸린 네모난 상죽(湘竹)⁵ 비단 등에도 불을 붙였다. 조박재는 기다리고 있자니 조바심이 나서 방 안을 뱅뱅 돌며 걸어 다니다가 여자 하인에게 붙잡혀 자리에 앉았다. 장소촌과 오송교 두 사람은 탑상 좌우로 마주 보고 누워 아편은 피우지 않고 조용히 비밀스러운 이야기를 나누었다. 육수보와 육수림은 침대에 나란히 앉아 한 사람 한 사람을 가리키며 뒤에서 낄낄대며 수군거렸다. 호죽산은 할 말이 없어 고개를 들어 벽에 붙어 있는 대련을 보았다.

홍선경은 양가모에게 붓과 벼루를 가져오게 하여 국표(局票)⁶에 먼저 육수림과 주쌍주 두 사람의 이름을 적었다. 호죽산은 청화방(淸和坊)의 원삼보(袁三寶)를 부르겠다고 해서 또한 적어 넣었다. 또 오송교와 장소촌에게 누구를 부르겠냐고 물어보니, 오송교는 조귀리(兆貴里)의 손소란(孫素蘭)을 부르고, 장소촌은 경운리(慶雲里)의 마계생(馬桂生)을 부른다고 했다. 조박재는 옆에서 적어 내려가는 것을 보고 있다가 갑자기 생각이 나서 장소촌에게 말했다.

"왕아이도 불러볼까, 재미있을 거야."

소촌이 그 말에 눈을 휘둥그레 뜨자 박재는 아차 싶었다. 그때 오송교는 조박재가 기녀를 부르는 줄 알고 말렸다.

"자네가 마련하는 술자리니까, 다른 기녀는 부르지 않아도 돼."

조박재는 기녀를 부르려고 했던 게 아니라고 말하려 했지만 입이 떨어지지 않았다. 때마침 아래층에서 남자 하인이 소리를 질렀다.

"장 도련님께서 올라가십니다."

육수림은 그 말을 듣자마자 황급히 나갔다. 박재도 그 틈에 덩달아 장여보를 맞이하러 갔다. 여보는 방에 들어와 사람들과 인사를 하고 육수림과 옆방으로 갔다. 홍선경이 수건을 올리라고 했다. 양가모는 대답을 하고 국표를 가지고 내려갔다. 남자 하인이 수건을 올릴 즈음에 장여보도 건너와 수건으로 얼굴을 닦았다. 이에 조박재는 술병을 높이 들고 공손하게 호죽산을 상석으로 모셨다. 호죽산이 깜짝 놀라며 극구 사양하자 홍선경까지 나서서 권해보았지만 마찬가지였다. 조박재는 할 수 없이 오송교를 그 자리에 앉히고, 호죽산은 그다음 자리에 앉히고, 나머지 사람들은 서로 양보해가며 자리를 정해 앉았다.

육수보는 앞으로 나와 술을 한 잔씩 올렸다. 박재가 잔을

拘俗禮細葸翻首庄

들어 청하니 모두들 감사의 말과 함께 술을 마셨다. 관례에 따라 첫 번째로 상어지느러미 요리가 올라오자 조박재는 정중하게 대접하려고 하였다. 그러자 모두들 말렸다.

"너무 예의를 차리지 말고 편히 하게."

조박재는 곧바로 그들의 말을 따르며 '드시지요'라고만 하였다. 상어지느러미 요리 다음에는 작은 접시에 담긴 요리가 올라왔다. 육수림이 외출복으로 바꾸어 입고 건너오자 양가모가 아뢰었다.

"선생님 오십니다."

수림과 수보는 부를 수 있는 대곡[7]이 없어 악사 두 명만 주렴 밖에서 한 곡을 연주하였다. 악사가 내려가자 기녀들이 속속 도착하였다. 장소촌이 부른 마계생도 노래를 부를 줄 모르는 기녀였다. 손소란은 도착하자마자 원삼보에게 물었다.

"노래 불렀어요?"

원삼보가 데려온 아주머니는 눈치 빠르게 대답했다.[8]

"먼저 부르시죠?"

손소란은 비파의 현을 고르고 탄사 개편[9] 한 곡과 경극 곡조의 노래 한 소절을 불렀다. 장여보는 먼저 흥이 나서 큰 잔을 가져오라고 하고 선을 잡았다.[10] 양가모는 옆방에서 계항배[11] 세 개를 가져와 장여보 앞에 나란히 놓았다. 여보가 말했다.

"내가 먼저 열 잔을 걸겠네."

오송교는 그 말을 듣고 소매를 걷어붙이고 여보와 화권을 했다. 손소란은 노래를 끝내고 오송교를 대신하여 두 잔을 마시고 다시 두 잔을 마시며[12] 말했다.

"저는 이만 다른 곳에 가봐야 합니다. 죄송해요."

손소란이 가자 주쌍주가 느릿느릿 걸어 들어왔다. 홍선경은 함께 들어온 아금의 눈이 호두알처럼 부어 있는 것을 보았다. 그래서 아금의 도움 없이 직접 피우려고 물담뱃대를 건네받았다. 아금은 뒤로 물러나 한쪽에 섰다. 주쌍주는 두구함[13] 뚜껑을 열어 초대장 한 장을 꺼내 홍선경에게 건네주었다. 선경이 받아 보니 주애인이 보낸 초대장으로 상인리 임소분(林素芬)의 집에서 술자리를 마련한다는 것이었다. 초대장 아래쪽에 다음과 같이 작은 글씨로 한 줄이 더 쓰여 있었다. '또 의논해야 할 중요한 일이 있으니, 읽는 즉시 속히 행차해주길 바랍니다.' 글자들 아래에는 동그라미가 촘촘하게 표기되어 있었다. 선경은 무슨 일인지 도무지 감이 오지 않아 주쌍주에게 물었다.

"언제 초대장을 보내 왔더냐?"

"조금 전에 왔어요. 가실 거죠?"

"무슨 일이기에 이렇게 중요하다는 건지 모르겠군."

"남자 하인들에게 가서 알아보라고 할까요?"

선경은 고개를 끄덕였다. 쌍주는 아금을 불렀다.

"남자 하인들에게 가서 상인리 임소분의 집 술자리가 끝났는지 살펴보게 하고, 주 나리께 무슨 일인지 여쭙고, 급한 일이 아니라면 홍 나리께서는 술자리에 참석하지 못한다고 전하도록 해."

아금은 가마꾼이 있는 아래층으로 내려갔다. 장여보는 손을 뻗어 쪽지를 보고 말했다.

"주애인이 쓴 거야?"

"응, 그런데 이해가 안 되네. 나자부(羅子富)의 필적인데, 도대체 누구에게 일이 있다는 건지?"

"나자부는 무슨 사업을 하는가?"

"산동(山東) 사람인데, 강소성 지현 자리를 기다리고 있고, 상해에서 임시 직무를 맡고 있네. 어제 저녁 보합루 홀에서 뚱보 봤지? 바로 그 사람이야."

조박재는 그제야 그 뚱보가 나자부임을 알고 기억해두었다. 장여보가 또 홍선경에게 말을 건넸다.

"먼저 가려면, 선을 잡고 두 잔을 깔게."

선경은 다섯 번째 판을 돌리고 있는데, 마침 그 가마꾼이 돌아와서 알렸다.

"술자리는 곧 끝날 것 같습니다. 선생과 같이 건너오실 때까지 기다리고 있겠다고 하셨습니다."

선경은 실례의 말을 전하고 먼저 나갔다. 조박재는 억지로 붙잡지 않고 방문까지 배웅하였다. 남자 하인이 급히 올라와 수건을 짜서 건네주었다. 선경은 대충 닦고 문을 나서며 천천히 보선가를 돌아 상인리로 들어갔다. 임소분의 집 앞에 도착하니 주쌍주의 가마는 벌써 도착해서 기다리고 있었다. 그는 쌍주와 함께 이 층으로 올라갔다. 이미 잔들이 여러 번 오고 갔고, 다들 거나하게 취해 있으니 그 술자리는 곧 끝나가고 있음을 알 수 있었다. 그곳에는 네 사람이 있었다. 나자부, 진소운 외에 주애인의 유능한 친구 탕소암(湯嘯庵)도 있었다. 이 세 사람은 홍선경과 수시로 만나는 사이이지만 다른 한 사람은 처음 보는 인물이었다. 그는 얼굴이 수척하고 키가 큰 젊은 사람이었다. 이야기를 나누면서 비로소 그가 갈중영(葛仲英), 바로 소주(蘇州)의 그 유명한 귀공자라는 것을 알게 되었다. 홍선경은 다시 공수를 하고 인사를 했다.

"항상 흠모해왔는데, 이렇게 만나게 되어 영광입니다."

나자부는 그 말을 듣고 계항배를 홍선경에게 주며 말했다.

"술 한 잔 하고 목을 축이게 너무 흠모하다가 죽겠어."

선경은 멋쩍게 웃으며 술잔을 받아 탁자 위에 올려놓고 빈자리를 찾아 앉았다. 주쌍주가 그 뒤에 앉으니 임소분의 아주머니가 술잔과 젓가락을 올렸다. 임소분이 직접 술을 따르자 나자부는 선경 옆에서 굳이 계항배로 마셔야 한다고 우겼다. 선경이 웃으며 말했다.

"자네들은 다 마셔놓고 나보고 무슨 술을 마시라는 건가! 나에게 술을 마시게 하려면 다시 술자리를 마련하게!"

나자부는 이 말을 듣자마자 펄쩍 뛰며 말했다.

"그러면 마시지 마, 내가 나갈게."

1 오어(吳語)의 '옥(玉)'과 '복(福)'은 같은 운이다.[장]

2 현대 주택에서 '발코니', '베란다'와 같은 공간을 '양대(陽臺)'라고 한다. 이 층 주택에서 아래층 지붕 부분 난간으로 막은 곳을 말한다.

3 祥發呂宋票 : 祥發(상발)은 가게 이름이다. 呂宋票(여송표)는 필리핀 재정원조를 위해 스페인이 중국 상해에 발매한 복권이다. 1898년 미국이 필리핀을 영유한 이후 폐지되었다.

4 抛球場 : 골프장을 말한다. 1850년 윌리엄 호그(William Hogg) 등은 마총회(馬總會)를 조직하여 지금의 남경로(南京路)와 하남로(河南路) 일대의 약 5,300평방미터에 이르는 땅에 화원을 만들고 포구장을 만들었다. 아울러 포구장 주위로 경마 대회를 할 수 있도록 도로를 만들었다. 그래서 이 포구장을 경마장이라고도 하였다. 1854년에 지금의 절강중로와 호북로 일대의 약 11,333평방미터에 이르는 땅에 '신화원' 즉 제2의 경마장을 만든다. 1862년에 다시 니성빈 서쪽과 지금의 황파북로 동쪽, 남경서로 이남 일대의 약 300,000평방미터에 해당하는 땅에 제3의 경마장을 만들었고, 그 북쪽으로 도로를 만들어 서쪽 외곽 정안사와 통하도록 하였다.

5 얼룩무늬가 있는 대나무로, 상비죽(湘妃竹) 혹은 반죽(斑竹)이라고도 한다.

6 기녀를 부를 때 사용하는 종이쪽지

7 곤곡(昆曲)의 작품을 말한다.

8 탄사(彈詞)를 부를 줄 알고 모르는 것은 바로 장삼(長三) 이상의 기녀와 이급기녀(幺二)를 구분해주는 일종의 표시이다. 이 대목에서 육수림, 육수보, 마계생, 원삼보 모두 요이임을 알 수 있다.

9 탄사에서 이야기 전에 부르는 노래를 개편(開篇)이라고 한다.

10 화권놀이 판을 시작한다는 뜻으로, 선을 잡은 사람은 벌주로 걸고 싶은 만큼 잔을 내건다. 그리고 그는 술자리에 있는 사람들과 차례대로 화권을 하며 내건 술잔이 없어질 때까지 한다.

11 명대(明代), 성화(成化) 연간에 만들어진 술잔으로 다리 부분이 낮고 큰 술잔이다. 표면에는 모란, 암탉, 병아리 그림이 화려하게 채색되어 있다.

12 기녀는 자신을 부른 손님을 대신하여 벌주를 마신다. 그런데 술내기 놀이가 끝나지 않았는데 다른 술자리에 가야 할 때가 종종 있다. 그럴 때 기녀는 손님이 술내기에서 질 것을 대비하여 두 잔을 미리 마시는데 기녀가

행하는 기본적인 의무이다.

13 豆蔻盒 : 두구는 다년생으로 파초와 비슷하게 생겼다. 기녀는 손님들 대신 술을 마셔야 하기 때문에 위가 상하는 것을 막기 위해 두구를 먹어야 했다. 그래서 두구함, 은물담뱃대 그리고 비파는 기녀가 외출할 때 반드시 휴대해야 하는 물건들이었다. 두구함은 은으로 장식하고 작은 거울을 붙여 화장품 상자로도 사용하였다.

04

체면을 봐서 대행해주며 물건을 사다 주고,
눈짓을 하며 질투하는 것을 감싸주다

看面情代庖當買辦 丟眼色喫醋是包荒

탕소암은 나자부를 끌어당기며 자리에 앉혔다.

"뭐가 그리 바쁘신가? 내가 정리해줄게. 먼저 자네는 월금 선생에게 아주머니를 돌려보내서 술자리를 준비해놓으라고 하게. 선경은 이제 왔으니까 선을 잡으라고 하고, 애인(藹人)이 돌아오는 대로 다 같이 가면 월금 선생 쪽에서도 준비가 다 되어 있지 않겠나? 자네가 지금 간다고 해도 기다리는 것 말고 뭐 할 게 있겠나?"

나자부는 '좋아, 좋아'라고 연신 대답했다. 나자부가 부른 두 명의 기녀 가운데 한 명은 그의 오래된 애인 장월금(蔣月琴)이었다. 그녀는 아주머니에게 말했다.

"돌아가서 술자리가 준비되는 대로 다시 와."

홍선경이 그제야 주위를 둘러보니 정말로 주애인은 보이지 않고 임소분과 탕소암이 손님을 접대하고 있었다. 탕소암이 부른 본당국(本堂局)[1]인 소분의 동생 임취분(林翠芬)도 옆에서 접대를 돕고 있었다. 홍선경은 의아해서 물었다.

"애인이 주인인데 어디로 갔는가?"

탕소암이 말했다.

"여전홍이 할 말이 있다며 그를 잠깐 불렀어. 곧 돌아올 거야."

홍선경이 말했다.

"여전홍이라고 하니까, 생각이 나는군."

홍선경은 곧바로 진소운에게 말했다.

"여보가 자네에게 물어볼 게 있다고 하던데, 여전홍에게 장부를 가져가 보았는지 말이야?"

"주애인에게 전해달라고 부탁했네. 내가 보니까 제시한 가격이 너무 높게 잡혀 있더군."

"그 물건들은 어디서 가져오는지 아는가?"

"광동(廣東) 사람이라고 들었는데, 자세히는 모르겠네."

나자부가 홍선경에게 물었다.

"나도 자네에게 물어볼 게 있네. 자네, 혹시 탐정인가? 쌍주 선생에게 광동 손님이 있는데, 그 사람에 대해 자세히 모른다고 하니, 자네가 쌍주 선생을 위해서 알아봐 줬어?"

모두들 큰 소리로 한바탕 웃었다. 홍선경도 웃었다. 주쌍주가 말했다.

"저에게 무슨 광동 손님이 있다고 그래요? 나리께서 저에게 광동 손님을 데리고 와봐요."

나자부가 대꾸하려 하는데, 홍선경이 말렸다.

"쓸데없는 소리 그만하게. 내가 열 잔을 깔 테니, 한번 붙어보세."

나자부는 소맷자락을 걷어붙이고 홍선경과 화권을 했지만 첫 판은 졌다. 나자부가 말했다.

"다 끝내고 한꺼번에 마시겠네."

이어서 다섯 번을 했으나 다섯 번 모두 나자부가 지고 말았다. 장월금이 대신 한 잔을 마시고 최근에 알게 된 황취봉(黃翠鳳)이라는 기녀도 손을 내밀어 술을 받았다. 그러자 홍선경이 말했다.

"어쩐지 자네가 화권을 계속하려고 하더라. 대신 술을 마셔줄 사람들이 많다 이거지."

나자부가 말했다.

"모두 술 마시지 마, 내가 마시겠어."

홍선경은 손뼉을 치며 웃었다. 진소운이 말했다.

"대신 마시게 해."

탕소암은 나자부 대신 술을 잔에다 채워 황취봉에게 주었다. 황취봉은 나자부가 장월금의 집으로 술자리를 옮길 것을 알고 말했다.

"저는 가야 하니까, 벌주로 미리 두 잔 마셔도 되죠?"

나자부가 고개를 저었다.

"됐어."

그러자 황취봉은 곧바로 자리를 떠났다.

탕소암은 나자부에게는 잠깐 쉬었다가 하라고 하고 진소운에게 먼저 홍선경과 겨루라고 했다. 홍선경은 진소운과도 다섯 판을 겨루었다. 이어서 탕소암 자신도 모두 끝나자 남은 사람이라고는 갈중영 한 사람뿐이었다. 그러나 갈중영은 아예 돌아앉아 오설향(吳雪香)과 귓속말로 서로 소곤거리며 이야기를 나누느라 한참이 지나도 홍선경이 어떻게 선을 깔게 되었는지조차 전혀 알지 못했다. 탕소암이 차례라고 그를 부르자 그제야 고개를 돌렸다.

"무슨 일이야?"

나자부가 말했다.

"자네들 사이가 좋은 건 알겠는데, 술자리에서는 이러면 안 되지. 일부러 우리에게 자랑하려고 그러는 건가?"

오설향은 손수건을 나자부 얼굴 앞에 대고 흔들며 말했다.

"나리는 말씀을 하셔도 꼭 그렇게밖에 못하셔요!"

홍선경은 갈중영에게 손을 모아 인사를 올리며 말했다.

"시작하실까요."

갈중영은 두 차례만 하고 술을 마시고 난 뒤 다시 오설향에게 가서 이야기를 나누었다.

나자부는 더 이상 참지 못하고 홍선경에게 손을 내밀며 다시 붙자고 하였다. 이번 판에는 뜻밖에 나자부가 이겼다. 홍선경이 깔아놓은 열 잔 중에 아홉 잔이 비워졌다. 나자부는 이 마지막 판을 끝내려고 했지만 아쉽게도 지고 말았다. 그때 마침 아래층에서 남자 하인이 큰 소리로 아뢰었다.

"주 나리께서 오셨습니다."

진소운은 황급히 나자부를 말리며 말했다.

"애인에게 하라고 하고 그만하게."

나자부도 듣고 보니 일리가 있어 더 이상 하지 않았다. 주애인은 바쁜 걸음으로 술자리에 들어오면서 연신 사과의 말을 건넸다.

"미안하네, 죽을죄를 지었어."

그리고 또 물었다.

"누가 선을 깔았나?"

홍선경도 더는 하지 않고 오히려 주애인에게 되물었다.

"나와 상의할 게 뭔가?"

주애인은 무슨 영문인지 몰라 어리둥절하였다.

"나는 아무 일 없는데."

나자부는 웃음을 참지 못하고 말했다.

"자네를 술자리에 청하는 게 중요한 일이 아니고 뭔가?"

홍선경도 웃으며 말했다.

"자네가 거짓말했다는 걸 진작 알고 있었네."

그러자 나자부가 말했다.

"내가 거짓말했다 치고, 어서 붙기나 하세."

주애인이 말했다.

"한 판만 남아 있으니, 그만해. 내가 모두에게 한 잔씩 올리겠네."

모두들 "그거 좋지." 하고 반겼다. 주애인이 계항배 여섯 잔을 가져와 술을 따라 돌리자 일제히 잔을 비우고 여기저기 흩어져 편히 앉았다. 남자 하인은 바삐 움직이며 물수건을 짜서 올리고 장월금의 곁을 보아주는 아주머니는 벌써 돌아와 술자리를 옮기기를 청했다.

갈중영, 나자부, 주애인은 각자의 가마가 있었으니 진소운만 인력거를 불렀다. 기녀들은 각자 손님의 가마를 따라 건너갔다. 오직 탕소암과 홍선경만이 걸어 가겠다며 먼저 나섰다.

그 두 사람이 임소분의 집을 나와 상인리 골목 입구에 막 다다랐을 때였다. 누군가 골목으로 들어가려다 두 사람을 보고 황급히 옆으로 비켜서서 손을 가지런히 하며 "홍 나리" 하고 인사를 했다. 그 사람은 홍선경이 알고 있는 왕연생(王蓮生)의 집사 내안(來安)이었다.

"나리는?"

"나리께서는 상춘리(祥春里)에 계십니다. 홍 나리께 하실 말씀이 있다고 모시고 오라고 하셨습니다."

"상춘리 누구 집인가?"

"장혜정(張惠貞)라고 합니다. 저희 나리께서도 알게 되신 지 며칠 되지 않습니다."

홍선경은 내안의 말을 듣고 탕소암에게 말했다.

"잠깐 다녀오겠네. 장월금 쪽은 먼저들 자리를 하라고 전해 주게."

탕소암은 되도록 빨리 돌아오라고 당부하고 혼자 갔다.

홍선경은 내안을 따라 상춘리로 갔다. 골목 안은 어두컴컴하여 두서너 집을 손으로 짚어가며 어느 집 대문을 열고 들어갔다. 내안이 큰 소리로 아뢰었다.

"홍 나리께서 오셨습니다."

이 층에서 대답은 있었지만, 움직임이 없었다. 내안이 또 말했다.

"양등(洋燈)을 가지고 내려와요."

이 층에서 연이어 말을 했다.

"갑니다, 갑니다요."

한참 뒤에 늙은 아주머니가 양철 벽걸이 등을 들고 내려와 그들을 맞이하였다.

"홍 나리, 이 층으로 가세요."

선경은 아래층 응접실에 어지럽게 쌓여 있는 붉은 탁자와 의자들을 보았다. 곧 이사 할 채비를 하는 것 같았다. 이 층으로 올라가 보니 한가운데에 남포등 하나가 마치 달무리처럼 사방의 벽을 비추고 있었다. 그런데 방 안은 텅 비어 있었다. 침대 하나와 화장대만 남아 있고, 심지어 휘장이나 등, 거울 같은 물건들은 모두 말끔히 치워져 있었다. 왕연생은 화장대 앞에 앉아 작은 접시 요리 네 가지로 해서 밤참을 먹고 있고 그 옆에서 한 기녀가 시중을 들며 함께 식사를 하고 있었다. 홍선경은 그녀가 바로 장혜정이라고 짐작했다. 선경은 방 안에 들어서자마자 웃으며 말했다.

"자네 혼자 여기서 즐겁게 놀고 있었군 그래."

연생은 일어나며 맞이했다. 선경 얼굴에 술기운이 어린 걸 보고 물었다.

"술자리 있었나?"

"두 군데서 술을 마셨네. 같이 술자리를 한 사람들이 몇 번이고 자네를 청했었네. 지금은 나자부가 장월금 집으로 술자리를 옮겼는데, 같이 가지 그래?"

연생은 미소를 지으며 고개를 저었다. 선경이 편히 침대 위에 걸터앉자 장혜정은 직접 물담뱃대를 가져왔다. 선경은 그것을 받아 들며 황급히 말을 했다.

"이러지 말게, 천천히 식사나 하게나."

장혜정은 웃으며 말했다.

"다 먹었어요."

선경은 장혜정이 만면에 부드러운 기색을 띠고 있고 친밀할 정도로 상냥한 것을 보니 이곳은 요이의 집이라고 짐작되

었다.

"이사를 할 건가?"

정혜정이 고개를 끄덕이며 '예'라고 했다.

"어디로 옮길 건가?"

"동합홍리에 있는 대각요집이에요. 오설향 쪽 맞은편에 있어요."

"전세를 낸 건가? 방세는 얼마나 되나?"

"예, 한 달에 삼십 원이에요."

"그렇게 비싸지는 않구나. 왕 나리 혼자 한 절기[2]만 와주어도 거의 오륙백은 될 테니까 비용 걱정은 없겠군."

이때, 왕연생은 이미 식사를 끝내고 얼굴을 닦고 입을 헹구었다. 늙은 아주머니가 아편 소반을 가져 와서 장혜정에게 물었다.

"어디에 놓을까요?"

장혜정이 말했다.

"당연히 침대 위에 놓아야지, 아무렴 땅에 놓으려고?"

늙은 아주머니는 히죽거리며 침대에 올려놓고 말했다.

"홍 나리에게 괜한 웃음만 샀네요!"

장혜정이 말했다.

"빨리 정리하고 내려가요. 쓸데없는 소리 말고!"

늙은 아주머니는 음식 그릇과 젓가락을 챙겨 들고 내려갔다. 혜정은 연생에게 아편을 권했다. 연생은 침대로 가서 홍선경과 마주 보고 누워 말을 꺼냈다.

"내가 자네를 청한 것은 사야 할 물건이 있어서네. 하나는 대리석을 상감한 홍목 탑상이고, 또 하나는 상비죽(湘妃竹)에 화조도가 그려진 등인데, 내일까지 대신 사다 주면 고맙겠네."

"어디로 보낼 건가?"

"바로 대각요집으로 보내려고. 그곳 서쪽 이 층 방이야."

선경은 그의 말을 듣고 혜정을 흘낏 보고는 실실 웃으며 말했다.

"자네 다른 사람에게 시키게나. 나는 못 해. 심소홍(沈小紅)에게 들켜봐, 뺨 맞아!"

연생은 웃기만 했다. 혜정이 말했다.

"홍 나리, 어째서 심소홍을 보기만 해도 무서워해요?"

"왜 무섭지 않겠어! 왕 나리께 물어봐. 얼마나 사나운데."

"홍 나리, 부탁드려요, 왕 나리 얼굴을 봐서 좀 도와주세요."

"그럼, 자네는 무엇으로 나에게 감사를 표하겠는가?"

"술자리에 한 번 모시겠어요, 어때요?"

"누가 자네에게 술자리를 원한대! 내가 술자리 한 번 안 가본 사람도 아닌데, 술자리가 뭐 그리 대단한 거라고."

"그럼 무엇으로 감사 인사를 하지요?"

"자네가 술자리로 대접할 생각이었다니, 그러지 말고 차라리 간식으로 대접하게.³ 그러면 자네들도 수월하고 비용 걱정할 필요도 없잖아. 안 그런가?"

혜정은 픽 코웃음 치며 말했다.

"당신들 모두 하나같이 나쁜 사람들이에요."

홍선경이 껄껄 웃고는 일어났다.

"나는 가려네. 또 할 말이 있는가?"

연생이 말했다.

"없어. 모레 술자리에 초대하겠네. 나자부 그쪽 사람들을 보거든 자네가 먼저 대신 말을 전해주게, 내일 초대장을 보내겠네."

홍선경은 대답을 하며 아래층으로 내려갔다. 그리고 술자리가 있는 사마로 동공화리(東公和里) 장월금의 집으로 갔다.

혜정은 선경이 가고 나서야 침대에 올라와 연생 옆에 비스듬히 누워 아편에 불을 붙여주었다. 연이어 예닐곱 번을 핀 연생의 눈이 스르르 감겼다. 마치 잠든 것 같았다. 혜정은 나지막하게 말했다.

"왕 나리, 잠자리를 펼까요?"

연생은 고개를 끄덕였다. 이에 아편 소반을 정리하고 함께 잠자리에 들었다.

다음 날 한 시가 되어서야 두 사람은 일어나 세수를 했다. 늙은 아주머니가 들고 올라온 죽을 조금 먹고 혜정은 화장대 앞에서 머리를 빗었다. 그 아주머니가 아편 소반을 침대에 올려놓자 연생은 직접 아편을 피우면서 생각했다.

'먼저 심소홍에게 가서 거짓말로 대충 둘러대고, 나중에 천

천히 말하는 게 좋겠지.'

잠시 주판을 튕기며 생각하다 마음이 정해지자 곧바로 마고자를 집으며 입고 나가려고 했다. 혜정이 황급히 말했다.

"어디 가세요?"

"심소홍한테 잠시 다녀올게."

"그러면 점심 드시고 가세요."

"됐어."

혜정이 또 물었다.

"나중에 오실 거죠?"

연생은 잠시 생각해보고 말했다.

"내일 몇 시에 동합흥리에 가?"

"날이 밝는 대로 갈 거예요."

"그러면 내일 한 시에 그곳으로 갈게."

"시간 되시면 나중에라도 잠시 왔다 가세요."

연생은 대답을 하고 내려갔다. 내안도 따랐다. 상춘리를 나와서 동쪽 서회방리 골목을 향했다. 연생은 내안에게 공관으로 돌아가 가마를 불러 오라고 하고 혼자 모퉁이를 돌아 골목에 들어섰다. 심소홍의 아주머니인 아주가 그를 먼저 보고 큰소리로 말했다.

"아이구! 왕 나리, 오셨습니까!"

아주는 황급히 마당에서 나와 그를 맞이하며 한 손으로 왕연생의 소맷자락을 붙잡고 끌어당기며 또 큰 소리로 아뢰었다.

"선생님, 왕 나리 오셨습니다."

아주는 계단까지 왕연생을 끌고 와서야 손을 놓았다. 연생은 천천히 이 층으로 올라갔다. 심소홍도 방에서 나와 그를 맞이하며 웃는 듯 마는 듯한 표정을 지으며 말했다.

"왕 나리, 정말 당신 뻔뻔하─."

그러나 말을 하다 말고 목이 메어 말을 잇지 못했다. 연생은 그녀의 처량한 표정을 보니 조금 미안한 마음이 들어 히죽 웃으며 방에 들어가 앉았다. 심소홍도 따라 들어와 연생의 곁에 다가가 그의 손을 잡으며 물었다.

"말해봐요. 사흘 동안 어디에 계셨어요?"

"성안에 있었어. 친구 생일 때문에 사흘 동안 술자리에 갔었어."

소홍은 냉소를 지었다.

"당신 차라리 어린아이를 속여요!"

아주가 물수건을 짜서 건네주자 연생은 얼굴을 닦았다. 소홍은 또 물었다.

"성안에 있었으면, 밤에는 돌아왔을 거 아니에요?"

"밤에도 친구 집에 있었어."

"당신 친구가 기루를 열었나 보죠!"

연생은 자기도 모르게 웃음이 터져 나왔다. 소홍도 웃으며 말했다.

"아주, 왕 나리 말씀 좀 들어봐. 내가 그저께 아금대(阿金大)에게 공관에 가서 나리를 모시고 오라고 했더니, 가마는 그곳에 있는데 사람만 나갔다고 했다더군요. 생각보다 당신 발이 빠른 모양이에요. 성안까지 걸어갔으니. 아니면 성 입구까지 마차 타고 가서 날아 들어갔든지?"

아주가 깔깔 웃으며 말했다.

"왕 나리 이번에는 좀 아니네요! 어디 생각한 것이 성안에 있다고 말씀하셔요."

소홍이 말했다.

"속이려면 제대로 하세요! 친구들도 몇 번이나 당신을 찾았지만 결국 못 찾았잖아요."

아주가 말했다.

"왕 나리, 항상 좋으셨잖아요. 다른 사람을 만나고 싶다고 말해도 괜찮아요. 아니 우리 선생님이 허락하지 않을까 봐 그러세요?"

소홍이 말했다.

"당신이 누구와 사귀든 내가 알 바 아니지만 당신이 나를 속여가며 다른 사람을 사귀면 내가 질투해서 당신을 보내주지 않은 것처럼 보이니까, 기분 나빠요!"

연생은 그 두 사람이 이쪽에서 한마디 저쪽에서 한마디 주거니 받거니 하는 통에 한마디도 끼어들지 못하고 멋쩍게 웃으며 바라볼 뿐이었다. 아주가 일을 마치고 내려가고 나서야

연생이 소홍에게 말했다.

"다른 사람들 말 듣지 마. 내가 자네와 지내온 시간도 삼사 년이 되어가는데 내 성격 모르는 거 아니잖아? 내가 다른 사람과 사귄다면 자네에게 분명히 말하고 사귀지, 왜 속이겠어?"

"당신을 모르겠어요. 당신도 생각해보세요. 여태껏 당신이 동쪽에서 기녀를 부르든 서쪽에서 기녀를 부르든 내가 한 마디라도 하던가요? 그런데 지금 당신은 나를 속이려고 하잖아요. 왜 그래요?"

"아무 일도 아니고, 속이는 것도 아니야."

"당신 생각 말해볼까요, 당신 말대로 나를 속이려는 게 아니라면 나를 차버리려는 속셈 아닌가요? 당신이 나를 차는 걸 봐야겠네요!"

연생은 그 말에 침울해져서 고개를 돌리고 쓴웃음을 지었다.

"겨우 사흘 안 왔다고 차버린다는 말을 해. 이전에 내가 했던 말 벌써 잊어버렸어?"

"바로 그거죠. 당신이 잊지 않았다면 말해봐요. 사흘 동안 어디 있었죠? 누구와 있었어요? 말해주면 당신과 싸우지 않을게요."

"나보고 무슨 말을 하라는 거야? 성안에 있었다고 해도 믿지 않잖아."

"당신 그래도 속이려 들어요! 나도 다 알아보고 당신에게 묻는 거예요!"

"그러면 잘됐네. 지금 당신이 너무 화가 나 있어서 말할 수가 없으니까 며칠 지나고 좀 진정되면 다 말해줄게."

소홍은 콧방귀를 뀌고 한참을 말없이 있었다. 연생은 애원하듯 말했다.

"우리 아편 피자."

그러자 소홍은 그의 손을 잡아끌며 탑상으로 갔다. 연생은 마고자를 벗고 누워 아편을 피고 소홍은 아래쪽에 멍하니 앉아 있었다. 연생은 무슨 말이라도 하려고 했지만 아무 말도 하지 못했다. 갑자기 계단을 오르는 발자국 소리가 들리더니 누군가 방으로 들어왔다. 알고 보니 여자 하인 아금대였다. 그녀는 연생을 보자 말했다.

"왕 나리, 제가 나리를 모시려고 공관에 갔었는데 여기에 계셨네요. 왕 나리, 왜 며칠 오지 않으셨어요? 화 나셨어요?"

연생은 대답하지 않았다. 소홍은 성난 목소리로 말했다.

"화는 무슨! 따귀를 맞았으면 모를까!"

아금대가 말했다.

"왕 나리께서 오지 않으셔서 우리 선생님이 얼마나 화가 났다구요. 제게 몇 번이나 나리를 모시고 오라고 하셨는지. 이러시면 안 돼요, 아시겠어요?"

아금대는 쉬지 않고 말을 하며 찻잔을 옮겨 아편 소반에 놓고 마고자를 옷장에 걸어놓고 나가려고 하였다. 연생은 소홍이 멍하니 앉아 있는 것을 보고 말했다.

"우리 뭐 좀 먹을까?"

"드시고 싶은 게 있으면 말씀하세요."

"너도 좀 먹어. 같이 먹자. 네가 싫으면 그만두고."

"그러면 말해봐요"

연생은 소홍이 새우볶음국수를 좋아하는 걸 알고 그걸 주문했다. 소홍은 아금대를 불러 세워 취풍원에 가서 주문하라고 했다. 잠시 후 음식이 배달되어 올라오자 연생은 소홍에게 함께 먹자고 했다. 소홍이 미간을 찌푸리며 말했다.

"왜 그런지 모르겠어요. 신물이 올라와서 못 먹겠어요."

"그래도 조금이라도 먹어봐."

소홍은 작은 접시에다 몇 가닥 담아 먹고 젓가락을 내려놓았다. 연생도 몇 젓가락 먹고 물렸다. 아주는 수건을 주며 말을 전했다.

"나리 집사가 가마를 가지고 왔어요."

"무슨 일이지?"

아주가 창문으로 물었다.

"내안 나리"

내안은 부르는 소리를 듣고 바로 올라와 왕연생에게 초대장을 올렸다. 연생이 열어보니 갈중영이 오늘 저녁 오설향의 집에서 마련하는 술자리에 초대한다는 것이었다. 내안은 바로 물러났다. 연생은 탑상으로 가서 아편을 피우다 말고 갑자기 한 가지 일이 생각이 나서 아주에게 마고자를 가져오라고 했다. 아주가 옷장에서 마고자를 가져오자 소홍이 소리쳤다.

"이렇게 급히 어디에 가시려는 거예요?"

아주는 황급히 소홍에게 눈짓을 하며 말했다.

"술자리에 가셔야죠."

소홍은 그 말에 입을 다물었다. 마침 연생이 고개를 들다가 이 장면을 목격하고 속으로 아주가 무슨 일을 꾸미나 싶어 장혜정 일은 절대로 알게 해서는 안 되겠다 마음먹었다.

연생이 이런 생각을 하고 있을 때 아주가 마고자를 입혀주며 말했다.

"그러면 불러주세요. 다른 사람 부르지 마시고."

소홍이 말했다.

"무슨 말 하는 거야! 자기가 부르고 싶은 사람 부르게 해."

연생은 마고자를 다 입고 소홍의 손을 잡으며 웃었다.

"나 배웅 좀 해줘."

소홍은 그의 손을 뿌리치고 대신 벽쪽 교의에 앉았다. 연생도 가까이 다가가서 조용히 속삭였다. 소홍은 고개를 숙이고 손톱을 깎으며 그를 무시하다가 잠시 후에 입을 열었다.

"당신 마음에 무슨 문제가 생겼는지 모르겠어요. 변했어요!"

"왜 내가 변했다는 거야?"

"당신 자신에게 물어봐요!"

연생은 그래도 집요하게 물으려 했다. 소홍은 양손으로 연

丢眼色

喫醋色

是包荒

101

생을 밀치며 말했다.

"가세요! 어서 가세요! 당신 보고 있으면 화만 나요."

연생은 짐짓 웃는 체하며 나갔다.

---

1 술자리가 있는 기루의 기녀를 말한다.
2 기루는 장부 계산을 절기(節季)별로 한다. 절기는 단오(음력 5월 5일), 추석(음력 8월 15일), 설(음력 1월 1일) 세 날을 기점으로 나누어진다. 왕연생 같은 손님은 한 절기를 기준으로 오륙백 정도의 매상을 올려주는 셈이다.
3 1회에서 장소천이 조박재에게 "물만두는 그곳에 놔두고, '만두'를 먹으려고 해"라고 한 말에서 만두가 성적 농담을 의미했듯이, 여기에서 "간식으로 대접해달라."는 말도 홍선경이 슬며시 장혜정에게 성적 농담을 한 것이다. 이는 장혜정이 요이급 기녀이기 때문에 가능한 것이기도 하다.[장]

05

빈틈을 메운 포졸은 새로운 즐거움을 맺고,
집을 전세 내어 이사 가는 이는 옛 애인을 속이다

墊空當快手結新歡 包住宅調頭瞞舊好

등을 올릴 시간에 왕연생은 아래층으로 내려가서 가마를 타고 동합흥리(東合興里) 오설향의 집으로 갔다. 내안이 통보를 하자 아주머니가 주렴을 걷어 올리며 방 안으로 안내하였다. 방에는 주애인과 갈중영이 나란히 앉아 이야기를 나누고 있었다. 왕연생이 들어가자 서로 공수를 하고 자리에 앉았다. 연생은 내안을 불러 분부를 내렸다.

"맞은편 대각요집으로 가서 이 층 방 안의 물건들이 다 정리되었는지 보고 오너라."

내안이 나가자마자 갈중영이 물었다.

"오늘 초대장을 받고, 동합흥리에는 장혜정이라는 사람이 없는데 하고 생각했는데 나중에 하인들 말이 내일 장혜정이라는 기녀가 맞은편으로 이사를 온다고 하더군. 그런가?"

주애인이 말했다.

"장혜정이라는 이름은 본 적이 없는데, 자네, 어디에서 찾아냈는가?"

연생은 조용히 웃으며 말했다.

"자네들에게 부탁함세. 나중에 심소홍이 오면 말하지 말게, 알겠나?"

주애인과 갈중영은 그 말을 듣고 한바탕 크게 웃었다. 얼마 후 내안이 와서 아뢰었다.

"방 안 정리는 지금 끝났습니다. 등 네 개와 탑상이 방금 들어와서 배치는 끝났고 등도 달기 시작했습니다."

연생은 또 분부를 내렸다.

"다시 상춘리로 가서 그쪽에 알려주게."

내안은 대답을 하고 응접실로 나와 가마꾼 두 사람에게 말했다.

"자네들은 가지 말고 있다가 내가 돌아오거든 가게."

그는 문을 나서 동합흥리의 골목 입구까지 걸어가는데 어두컴컴한 곳에서 그림자 하나가 일렁이더니 그의 팔을 잡았다. 내안은 주애인의 집사 장수(張壽)인 것을 알고 화를 냈다.

"뭐하는 건가! 간 떨어지는 줄 알았어!"

"어디 가나?"

내안이 장수를 잡고 말했다.

"자네, 나와 같이 잠깐 놀러나 가."

두 사람은 어깨를 나란히 하고 같이 상춘리 장혜정의 집으로 가서 늙은 아주머니에게 말을 전했다. 장혜정도 창문을 열고 내안에게 물었다.

"왕 나리께서는 오셔요?"

"나리께서는 술을 드시고 계셔서 오기 힘들 거요."

"누구를 불렀어요?"

"모릅니다."

"심소홍?"

"그것도 모르겠습니다."

혜정은 웃으며 말했다.

"나리 편이다 이거지! 심소홍 아니면 누구겠어?"

내안은 더 이상 대답하지 않고 장수와 함께 상춘리를 나오며 의논했다.

"어디로 놀러 갈까?"

장수가 말했다.

"난방리에 가지 뭐."

"너무 멀어"

"아니면 반삼(潘三)에게 가든지. 서무영(徐茂榮)이 있는지도 볼 겸."

"좋아."

두 사람은 골목을 돌아 거안리(居安里)로 가서 손으로 더듬거리며 반삼의 집 문 앞에 이르렀다. 먼저 문틈으로 한번 들여다보고 손으로 밀어보았다. 그러나 문이 잠겨 있었다. 장수는 두 번 문을 두드렸으나 인기척이 없었다. 그래서 다시 여러 번 문을 두드리자 아주머니가 안에서 물었다.

"누가 문을 두드리는 거야?"

내안이 대답했다.

"나야."

"아가씨는 나갔어요. 죄송해요."

"문 열어봐."

그러나 한참이 지나도 안은 쥐죽은 듯 조용하고 문을 열어줄 생각을 하지 않았다. 그러자 장수는 화가 치밀어 올라 발로 문을 뻥뻥 차며 욕을 마구 퍼부었다. 아주머니는 그제야 당황하여 말했다.

"갑니다! 가요!"

문을 열고 그들을 보고 말했다.

"장 도련님, 내 도련님이셨군요! 나는 누군가 했네!"

내안이 물었다.

"서 도련님 여기에 계신가?"

"안 오셨어요."

장수는 방 안의 불빛을 보고 다짜고짜 방으로 뛰어 들어갔다. 내안도 그 뒤를 따라 들어갔다. 한 사람이 침대 휘장을 젖히며 불쑥 나와 손뼉을 치고 발을 구르며 크게 웃었다. 바로 서무영이었다. 장수와 내안이 동시에 말했다.

"우리가 도리어 자네를 방해했군. 미안하게 됐네."

아주머니도 뒤에서 깔깔 웃으며 말했다.

"도련님이 가신 줄 알았는데, 침대에 계셨네요."

서무영은 아편 침대에 있는 연등에 불을 붙여 장수에게 피우라고 했다. 장수는 내안에게 피우라고 하고 자기는 침대 휘장을 걷어 젖히며 침대로 기어 올라갔다. 침대에서 한데 엉겨 뒹구는 소리가 들리고 또 큰 소리가 들려왔다.

"왜 이래요! 점잖지 못하게!"

아주머니가 급히 다가가서 타이르듯 말하였다.

"장 도련님, 이러지 말아요!"

그래도 장수는 손을 놓지 않았다. 그러자 서무영이 장수를 끌어내리며 말했다.

"자네, 무슨 꼴이야. 좀 체통을 지켜!"

장수는 손가락으로 뺨을 만지작거리며[1] 말했다.

"자네는 자네 애인들 챙겨줄 생각이나 해. 자네 애인이야? 낯짝하고는!"

창녀 반삼은 면 저고리를 걸치고 침대에서 내려왔다. 장수는 여전히 히히거리며 그녀가 하는 행동을 보고 있었다. 반삼은 정색을 하고 눈을 치켜뜨며 장수를 한참 째려보았다. 장수는 목을 움츠리며 말했다.

"아이구! 무서워라—!"

반삼도 어찌하지 못하여 한마디 툭 내뱉었다.

"나 정말 얼굴 붉힐 거예요."

그러자 장수는 말이 나오는 대로 대답했다.

"얼굴은 무슨 얼굴! 엉덩이를 붉히겠지. 우리⋯."

그는 '우리'까지 말하다 말고 입을 다물고 반삼에게 다가가 귀에 대고 속삭였다. 그러자 반삼이 질겁을 하며 소리쳤다.

"서 도련님, 들어보세요. 당신의 착한 친구가 무슨 말을 하는지!"

서무영은 장수에게 애원했다.

"모두 내가 잘못했어. 제발 용서해주세요. 착한 형님!"

"용서해달라고 하니 넘어갈게. 안 그랬으면, 우리는 모두 친구 사인데 어찌 서 도련님이 장 도련님보다 세 마디나 더 길어? 라고 물어봤을 텐데 말이야."

반삼이 말했다.

"장 도련님이야 은애하는 애인이 있으니 내가 아부를 할 순 없고, 서 도련님만이라도 날 좀 도와줘야죠."

장수가 내안에게 말했다.

"자네 들었지. 서 도련님이라고 불러주니까 기분이 째지겠어! 서 도련님 혼도 완전 나가버렸겠어."

내안이 말했다.

"난 듣지 않을래. 아무도 나를 찾지 않으니까 말이야."

挚空當快手
結新歡

반삼이 웃으며 말했다.

"도련님도 친구라고 생각하시면, 말이라도 도와주겠다고 하셔야죠."

장수가 말했다.

"네가 친구라는 말을 한다면…."

장수가 이 말을 꺼내자마자 서무영이 고함을 치며 말을 끊었다.

"또 무슨 말을 하려는 거야, 한 대 맞고 싶어!"

"내가 자네를 무서워할 것 같아?"

"자네 지금 날 놀려!"

서무영은 이 말을 하며 소매를 걷어붙이고 달려들어 때리려고 하였다. 장수가 황급히 마당으로 뛰쳐나가자 서무영도 쫓아 나갔다.

장수가 문빗장을 풀고 곧장 동쪽 골목 모퉁이로 달아났다. 뒤쫓던 서무영은 어두컴컴한 곳에서 걸어오는 사람과 정면으로 부딪혔다.

"뭐야? 뭐하는 거야?"

목소리가 낯익어 서무영은 다가가 물었다.

"장(長) 형 아니시오?"

그렇다고 돌아오는 대답에 서무영은 그 사람 손을 잡고 돌아갔다. 그리고 장수를 불렀다.

"돌아와. 용서해줄게."

장수는 가벼운 발걸음으로 그들 뒤를 따라 들어갔다. 문빗장을 걸어 잠그고 먼저 주렴 아래로 고개를 내밀어 누군지 보았다. 알고 보니 진소운의 집사 장복(長福)이었다. 장수는 황급히 들어가서 물었다.

"술자리는 끝났어?"

"아니, 국표를 지금 막 보냈어."

장수가 잠시 생각을 하더니 내안을 불렀다.

"내형, 우리 먼저 갑시다."

서무영이 말했다.

"나도 같이 가."

반삼이 미처 배웅할 겨를도 없이 그들은 떠들썩하게 나갔다.

네 사람은 거안리를 나와 동쪽 석로 입구에 이르렀다. 장수는 어딘지도 모르고 앞만 보고 갔다. 서무영이 그를 잡으며 남쪽으로 가자고 했다. 장수가 내안에게 말했다.

"나는 안 갈래."

서무영이 뒤에서 떠밀며 말했다.

"안 가겠다고, 자네 또 트집 잡는 거야!"

장수는 하마터면 넘어질 뻔했다. 마지못해 함께 정가목교(鄭家木橋)를 건넜다. 신가에 이르자 길 옆에서 어느 아주머니가 앞으로 비집고 달려오며 '장 도련님' 하고 부르며 장복의 소매를 붙잡았다. 그녀는 계속 지껄이며 걸어가다 그들을 어느 한 곳으로 데리고 가서는 반쪽짜리 문을 밀며 문턱을 넘었다. 안에는 육칠십 세 정도의 노파가 벽에 기대어 앉아 있고, 탁자 위에는 거뭇거뭇 그을린 기름등이 놓여 있었다. 아주머니는 곽 노파를 급히 불렀다.

"아편 소반은 어디 있어?"

"침대 위에 있지."

아주머니는 급히 종이 불쏘시개를 가지고 뒤 칸으로 가서 벽에 걸린 양철 덮개 유리등에 불을 붙이며 심지를 돋우었다. 그리고 네 사람에게 안으로 들어와 앉으라고 하고 다시 연등에 불을 붙이러 갔다. 장복이 말했다.

"아편은 안 피워. 왕아이나 불러 와."

아주머니는 대답을 하고 나갔다. 곽 노파도 머리를 흔들며 손을 더듬거리며 방으로 왔다. 서양놋쇠 담뱃대를 들고 서서 말했다.

"어느 분이 담배를 피우시렵니까?"

장복이 한 손으로 받아 들고 말했다.

"됐어."

곽 노파는 다시 바깥쪽 칸에 가서 앉았다. 장수가 물었다.

"여기가 어디야? 자네들, 좀 놀 줄 아는데!"

장복이 말했다.

"자네가 말해보게, 여기가 어떤 곳 같나?"

"내가 보니까 '세 가지 같지 않은 곳'이라고 해야겠군. 창녀집이라 하기엔 창녀집 같지 않고, 매음굴이라 하기엔 매음굴 같지도 않고, 아편굴이라 하기엔 아편굴 같지 않으니까 말이지."

장복이 말했다.

"원래는 아편굴이야. 왕아이를 찾아오는 손님이 있어서 이 아편굴을 잠시 빌려 쓰고 있어. 이제 이해가 가나?"

그때 끽하고 문 여는 소리가 들렸다. 장복이 급히 밖을 내다보니 바로 왕아이였다. 왕아이는 방에 들어오며 '장 도련님' 하고 인사를 했다. 그리고 나머지 세 사람의 이름을 묻고는 말했다.

"미안해요. 하필 이럴 때 오셨네요. 누추한 게 괜찮으시면, 여기서 잠시 아편 피우실래요?"

장복이 서무영을 보며 그의 의견을 기다렸다. 서무영은 왕아이가 아편굴에서도 빼어난 인물임을 알아보고 여기에 잠시 앉는 것도 괜찮다고 생각하고는 고개를 끄덕였다. 왕아이는 바깥쪽 칸에 가서 담뱃대와 아편 두 통을 가지고 왔다. 또 곽노파를 불러 아주머니에게 가서 차를 준비하라고 했다. 장수는 뒤쪽 칸에 침대 하나만 겨우 놓여 있고 탁자도 놓을 수 없을 정도로 비좁은 걸 보고 말했다.

"내형, 우리는 먼저 갑시다."

서무영이 보아하니 더 이상 붙잡기 힘들다고 생각했다.

이에 장수는 작별인사를 하고 내안과 함께 동합홍리 오설향의 집으로 돌아왔다. 그때는 이미 술자리가 끝난 뒤였다.

"주 나리와 왕 나리는 어디로 가셨나?"

그러나 모두 모른다고 했다. 장수는 급히 주인을 찾으러 가고 내안도 서회방리 심소홍의 집으로 갔다. 가마가 문 앞에 있는 것을 보고 응접실로 들어가 가마꾼에게 물었다.

"술자리는 언제 끝났는가?"

"끝난 지 오래되지 않았습니다."

내안은 그제야 마음을 놓았다.

마침 아주가 주전자를 들고 이 층으로 올라가고 있었다. 내안이 가서 부탁했다.

"부탁하나 하지, 우리 나리께 전해주게."

아주는 대답은 하지 않고 손짓으로 올라오라고 했다. 내안은 발소리를 죽이고 조심스럽게 그녀를 따라 올라갔다. 그는 이 층 중간방에 들어가 앉고 아주는 혼자 방으로 들어갔다. 내안은 한참을 기다리다 조바심이 나서 귀를 기울여보았지만 숨소리 하나 들리지 않았다. 그래서 오히려 내려가지도 못했다.

그곳에서 잠깐 졸고 있는데 갑자기 왕연생의 기침 소리가 들리고 이어 발소리가 들렸다. 잠시 후 아주가 주렴을 올리고 손짓을 하자 내안은 방으로 들어갔다. 왕연생은 혼자 탑상 위에 앉아 하품만 하고 아무 말도 하지 않았다. 아주가 급히 수건을 짜 건네주자 연생은 그 수건을 받아 들고 얼굴을 닦고 내안에게 가마를 준비하라고 하였다. 내안은 대답을 하고 아래층으로 내려가 가마꾼에게 등롱을 밝히라고 하였다. 왕연생은 내려가 가마를 타고 그 길로 오마로 공관으로 돌아갔다. 내안은 그제야 말을 전했다.

"장혜정 쪽에 전하였습니다."

연생은 고개만 끄덕일 뿐 아무 말 하지 않았다. 내안은 왕연생의 잠자리를 봐주었다.

십오일은 길일로, 연생은 이미 열 시 반에 일어나 세안을 마쳤다. 간단하게 요기를 하고 가마를 타고 술자리 답례를 할 겸 갈중영을 찾아갔다. 내안은 그를 따라 후마로 영안리 덕대(德大) 전장(錢莊)² 에 가서 초대장을 전달하였다. 그러자 어느 점원이 나와 정중하게 말했다.

"주인 나리께서는 외출하셨습니다."

그러자 연생은 동합홍리로 가마를 돌리라고 명했다. 동합홍리에 도착하여 가마에 앉아 '장혜정우(張蕙貞寓)' 네 글자를 바라보았다. 검은 바탕에 금색으로 적힌 간판이 처마 높이 걸려 있었다. 가마에서 내려 문을 열고 들어갔다. 마당에는 소당명(小堂名)³ 악대가 작은 무대를 설치하고 있었다. 금벽 단청이 오색찬란하였다. 새로 고용된 남자 하인이 그를 보자 마당 사이를 비집고 나와 '왕 나리' 하며 엎드려 인사를 하였다. 또 새로 고용된 아주머니는 계단에서 왕 나리를 이 층으로 모셨다. 장혜정도 방에서 나와 그를 맞이하였다. 새옷으로 갈아입은 혜정의 모습이 이전과 달라 보였다. 혜정은 연생이 자신을 뚫어져라 쳐다보고 있기에 부끄러워하며 웃음을 참고 연생의 소매를 붙잡아 끌며 방으로 들어갔다. 방 안은 깔끔하게 정리되어 있었다. 연생은 진심으로 흡족했다. 다만 몇 폭의 족자와 그림은 저잣거리에서 사 온 것이라 조야하다고 생각했다. 혜정은 손수건으로 입을 가리고 수박씨 접시를 연생에게 공손히 올렸다. 연생이 웃으며 말했다.

"황송합니다."

혜정도 웃음이 나오려고 해서 급히 몸을 돌려 옆 중문을 열고 나가버렸다. 연생은 중문 너머 바깥을 보았다. 원래는 쪽마루인데 동합홍리를 마주하고 있어 대문의 문루 역할을 하고 있었다. 맞은편이 바로 오설향의 집이었다. 연생이 그 간판을 보고 내안을 불렀다.

"맞은편에 가서 둘째 갈 나리께서 거기에 계신지 보고, 계시면 여기로 모시고 오너라."

내안은 명령을 받아들고 모시러 갔다. 갈중영은 바로 건너와 왕연생과 만났다. 장혜정은 수박씨 접시를 공손하게 올렸다. 중영이 물었다.

"자네 애인이신가?"

그는 그녀를 한 번 훑어보고 자리에 앉았다. 연생은 대답을 한다는 것이 안부 인사만 하고 다른 이야기로 돌렸다. 그때 오설향의 아주머니 소매저(小妹姐)가 식사 때문에 갈중영을 모시러 왔다. 왕연생이 그 말을 듣고 중영에게 말했다.

"자네도 아직 식사를 하지 않은 모양이군. 같이 먹도록 해."

중영은 '좋아'라고 대답하고 소매저에게 점심을 가져오라고 했다. 왕연생은 아주머니에게 취풍원에서 요리 두 가지를 주문하라고 했다.

잠시 후 요리가 속속 배달되어 창가 탁자 위에 올랐다. 장혜정은 술잔 두 개에 술을 따랐다.

"드셔요."

소매저도 잠깐 도와주고 말했다.

"천천히 드십시오. 저는 가서 선생님 머리 손질 해주고 다시 오겠어요."

장혜정이 말을 받았다.

"당신 선생님도 놀러 오라고 해요."

소매저는 그러겠다고 대답하고 갔다.

갈중영은 술 두 잔을 마셨다. 조금 적적하던 참에 아래층에서 소당명 악대가 〈방보(訪普)〉⁴라는 곤곡(崑曲)⁵을 불렀다. 갈중영은 박자를 맞추며 손가락으로 탁자를 두들겼다. 왕연생은 무료해하는 그를 보고 말했다.

"우리 화권이나 할까."

중영은 바로 손을 뻗어 화권을 했다. 한 번에 한 잔씩 마셨다.

예닐곱 잔을 마셨을 때 갑자기 장혜정이 응접실 창문 쪽에서 불렀다.

色住宅
調頭端
齋好

"설향 형, 올라오세요."

왕연생이 아래를 보니 정말 오설향이었다. 갈중영에게 웃으며 말했다.

"자네 애인께서 찾아오셨네."

잠시 후 작은 발소리가 들려오더니 벌써 이 층까지 다다랐다. 곧 '혜정 형' 하고 인사를 했다. 장혜정은 그녀를 방으로 안내했다. 갈중영은 화권에 지고 있었던 터라 오설향을 부르며 말했다.

"이리 와봐, 할 이야기가 있어."

설향은 뒤뚱뒤뚱 걸어오다 탁자에 기대어 섰다.

"무슨 말 하시려구요? 말해봐요."

설향이 가까이 오지 않을 거라는 것을 잘 아는 중영은 그녀가 방심한 틈을 타 그녀의 손목을 잡아당겼다. 설향은 중심을 잃고 그만 중영의 가슴팍으로 넘어졌다. 그녀는 짜증을 내며 말했다.

"뭐 하시는 거예요?"

"별거 아니야. 술 한 잔 하라고."

"손 놓으면 마실게요."

그러나 갈중영은 그녀의 손을 놓아주지 않고 설향의 입술에 술잔을 갖다 댔다.

"마시면 놓아줄게."

설향은 어쩔 수 없이 중영이 들고 있는 술잔을 비우고 얼른 빠져나왔다.

갈중영은 계속해서 왕연생과 화권을 했다. 오설향은 서양식 전신 거울 앞으로 걸어가서 요리조리 비춰보며 양손으로 머리를 매만졌다. 장혜정은 얼른 다가가서 그녀의 머리를 두세 번 꾹꾹 눌러가며 수선화 머리핀을 뽑고 머리를 정리한 뒤 다시 꽂아주고는 꼼꼼하게 보았다. 그녀는 오설향의 틀어 올린 머리를 보고 물었다.

"머리는 누가 해줘요?"

"소매저가 해줘요. 솜씨는 별로예요."

"괜찮은데요. 모양이 나잖아요."

"봐요, 너무 솟아서 안 예뻐요."

"좀 솟은 건 괜찮아요. 소매저는 이 머리가 습관이 돼서 바꾸지 못해요. 아시잖아요?"

"혜정 형 머리 예쁘네요."

"이전에는 외할머니가 머리를 해줬는데, 그래도 나쁘지 않았어요. 지금은 아주머니가 해주는데, 괜찮아요?"

장혜정은 머리를 돌려 오설향에게 보여주었다. 설향이 말했다.

"너무 비뚤어졌네요. '비뚤어진 머리' 모양이라고 해도 너무 비뚤어졌어요!"

두 사람은 의기투합이라도 한 듯 이야기를 주고받았다. 갈중영과 왕연생 두 사람은 화권도 멈추고 술도 마시지 않고 그

들의 이야기에 귀를 기울이고 있었다. '비뚤어진 머리'라는 오
설향의 말에 두 사람은 웃었다. 장혜정도 웃으며 말했다.

"화권 안 해요?"

왕연생이 말했다.

"너희들 이야기를 듣다가 그만 화권도 잊어버렸어."

갈중영이 말했다.

"난 그만해야겠네. 벌써 열 잔 넘게 마셨어."

장혜정이 말했다.

"두 잔 더 마셔요."

장혜정은 술병을 가져와 갈중영에게 술을 따랐다. 오설향
이 말렸다.

"혜정 형, 따르지 말아요. 이 사람은 술만 마셨다 하면 정신
을 못 차려요. 왕 나리께 드려요."

장혜정이 웃으며 왕연생을 돌아보며 말했다.

"마시겠어요?"

왕연생이 말했다.

"다섯 판 더 하고 식사해도 괜찮겠지."

그리고 오설향에게도 웃으며 말했다.

"안심해, 나도 많이 권하지 않을게."

오설향도 더 이상 말리지 못하고 두 사람이 다섯 판을 더 하
는 것을 보고 있었다. 장혜정은 술을 따르고 나서 아주머니에
게 술병을 주며 정리하라고 했다. 왕연생도 웃으며 저녁을 준

비하라고 말했다.

"밤에 다시 마셔."

식사를 마치고 얼굴을 닦고 정리를 하고 난 뒤 자리에 편히 앉았다. 오설향은 갈중영에게 돌아가자고 재촉했다. 중영이 말했다.

"잠시 좀 쉬자."

설향이 말했다.

"쉬긴 뭘 쉬어요. 전 싫어요."

"싫으면 먼저 가."

설향은 그를 노려보며 물었다.

"당신 안 갈 거예요?"

중영은 웃기만 하고 전혀 움직이지 않았다. 설향은 신경질을 내며 일어나 중영의 얼굴에 손가락질을 하며 말했다.

"당신 늦게 오면 그땐 각오하세요!"

그러곤 다시 왕연생을 돌아보며 말했다.

"왕나리께서도 함께 오세요."

그리고 다시, "혜정 형도 놀러 와요." 하고 말했다.

장혜정은 그러겠다고 대답을 하고 황급히 설향을 따라 나와 배웅하려고 했지만 설향은 벌써 내려가고 없었다. 혜정은 방으로 돌아와서 갈중영을 보고 '큭' 하고 웃었다. 중영은 재미도 없고 불편하고 불안했다. 그런데 뜻밖에 왕연생이 말을 꺼냈다.

"건너가 봐. 자네 애인께서 조금 화가 난 모양이니."

"쓸데없는 소리. 화가 났든 말든."

"그러지 말게. 자네에게 건너오라고 했잖아, 어쨌든 자네에게 잘하려는 거잖아. 그녀가 원하는 대로 하는 게 좋아."

중영은 그 말을 듣고 일어났다. 연생은 공수를 하며 말했다.

"나중에 조금 일찍 와주게."

중영은 웃으며 작별인사를 하고 나갔다.

---

1 이런 상황에서 흔히 자기 손가락으로 자신의 뺨을 만지는 행위는 상대방에게 창피를 주려는 의도를 드러낸다.[장]

2 원문에서는 '회획장(匯劃莊)'이라고 되어 있다. 옛날 상해 금융업 조합에 가입된 금융기관 혹은 금융업 점포를 말하며, 사금융 은행이라고 볼 수 있다. 소설에서는 '전장(錢莊)'으로 번역하였다. 후마로 영안리에 있는 덕대(德大) 전장은 갈중영(葛仲英)이 운영하고 있다.

3 소주(蘇州)와 상해(上海) 일대에 축하연이 있는 집에서 고용한 아동 악대

4 송 태조가 설야에 '조보(趙普)'라는 현인을 방문하는 내용을 노래한 곡이다.

5 원말명초(元末明初) 강소(江蘇) 곤산(崑山) 일대에서 생겨난 곡조이다. 곤곡은 이후 경극(京劇)과 함께 중국희곡의 양대산맥의 하나로 발전하였으며, 대표적인 곤곡 작품으로 〈모란정(牡丹亭)〉, 〈장생전(長生殿)〉 등을 꼽을 수 있다.

06

아들을 키운다는 농담은 좋은 가르침을 증명하고, 기생어미를 통제하는 기이한 일은 인지상정을 뒤집다

養囝魚戲言徵善教 管老鴇奇事反常情

갈중영은 맞은편 오설향의 집으로 건너갔다. 방에는 아무도 없었다. 그는 탑상으로 가서 누웠다. 잠시 후 소매저가 밥을 들고 들어왔다.

"잠깐 계셔요. 선생은 식사하고 있어요."

아주머니는 올라온 김에 아침에 마시다 남은 찻잔의 물을 따라 버리고 다시 새 찻잎을 넣었다. 그리고 남자 하인을 불러 뜨거운 물을 부으라고 했다.

잠시 후 오설향은 낭창낭창 걸어 들어와서 중영을 보자 큰소리로 말했다.

"그 집에 앉아 꿈쩍도 않더니, 지금 왜 오셨어요?"

그녀는 중영을 탑상에서 끌어내리며 문밖으로 밀어내려고
했다.

"저와 도로 거기로 가시죠! 가서 그곳에 계셔요. 누가 당신
더러 오랬어요?"

중영은 그녀의 속을 도통 알지 못해서 멍하니 선 채로 물
었다.

"건너편 장혜정은 내 애인이 아닌데, 당신이 왜 질투를 하고
그래?"

설향은 그 말에 오히려 멍해졌다.

"지금 당신 농담하고 있어요! 장혜정에게 무슨 질투를 해
요?"

"질투하는 게 아니면, 왜 나보고 건너가라는 거야?"

"당신이 그 집에서 나오기 싫어하니 다시 건너가라고 하는
데, 이게 질투예요?"

중영은 그제야 그녀의 뜻을 알아채고 살짝 웃으며 교의에
앉아 말했다.

"네 뜻은 내가 다른 곳에 가지 말고 하루 종일 네 옆에만 있
으라는 말이지?"

"당신이 제 말을 잘 들으면 다른 곳에 가셔도 돼요. 그런데
당신은 제 말을 듣지 않잖아요?"

"언제 내가 듣지 않은 적 있었나?"

"제가 가자고 했을 때, 당신은 일어나지 않았잖아요."

"식사를 막 끝낸 뒤라 잠시 앉았다 가려고 했지. 누가 가지 않는다고 했어?"

설향은 아예 그 말을 귓등으로 흘리고 중영의 무릎 위에 앉았다. 그리고 그의 손을 꽉 잡으며 중얼거렸다.

"'난 안 가'라고 당신이 분명히 말했잖아요!"

중영은 펄쩍 뛰었다.

"뭐라는 거야?"

"지금부터 당신이 어디에 있든 제가 오라고 하면, 곧장 뛰어와야 해요. 또 당신이 어디에 가려고 해도 제가 안 된다고 하면 절대 가서는 안 돼요. 알았죠?"

중영은 그녀와 더 이상 싸우기도 힘들어 그녀의 말대로 하겠다고 했다. 오설향은 그제야 기분이 좋아져서 손을 풀고 물러났다. 중영은 다시 웃으며 말했다.

"우리 집사람도 한 번도 뭐라고 말한 적이 없는데, 네가 나를 단속하려고 하는구나!"

설향도 웃으며 말했다.

"당신은 내 아들이잖아요. 그러니 단속해야죠."

"말 되는 소리를 해. 체면 생각은 하지 않는 거야!"

"내 아들이 이렇게 커서 기루에서 술도 마시고 놀 줄 알면 체면이 서는 거죠. 체면을 생각하지 않다니요!"

"너와 더 이상 말하지 않겠어."

그때 마침 소매저가 밥을 다 먹고 방 뒤에서 옷을 갈아입고 있었다.

"소매저, 내가 키운 아들 어때?"

"어디요?"

설향은 손으로 중영을 가리키며 웃으면서 말했다.

"어디긴!"

소매저도 웃으며 말했다.

"말도 안 돼요! 선생 나이가 얼만데, 이렇게 다 큰 아들이 있어요!"

설향이 말했다.

"뭐가 희한한 일이야! 내게 아들이 있다면 저 사람보다 내 체면을 더 세워주겠지!"

"선생님과 둘째 나리 두 분 사이에 아들이 있다면야 그건 좋지요."

"내 아들이 저들처럼 기루에서 놀고 있으면 가만두지 않을 거야!"

소매저는 자기도 모르게 웃음이 튀어나왔다.

"둘째 나리, 들으셨어요? 콧구멍이 두 개여서 다행이지. 안 그랬다면 숨 막혀 죽었을 거예요!"

중영이 말했다.

"오늘 자네 선생이 미쳤나 보구나."

설향은 중영의 가슴을 파고들어 두 손으로 목을 조르며 천진난만하게 키득키득 웃었다. 중영도 설향을 안고 뒹굴었다.

남자 하인이 주전자를 들고 방에 들어오자 서로 떨어졌다.

갈중영이 일어서며 나갈 채비를 하자 설향이 물었다.

"뭐 하시게요?"

"물건 사러 가야 돼."

"안 돼요."

"물건 사는 대로 바로 돌아올게."

"저더러 여기 앉아 있으라고 누가 말했어요?"

설향은 중영을 눌러앉히며 나지막하게 물었다.

"무슨 물건 사러 가셔요?"

"형달리¹에 가서 이것저것 사려고."

"그럼 우리 마차 타고 함께 가요?"

"그거 좋지."

설향은 곧바로 강철바퀴 마차²를 불러 오라고 했다. 남자 하인이 대답하고 마차를 부르러 나갔다. 소매저가 설향에게 물었다.

"식사를 끝냈으니 세수해야죠?"

설향은 손거울을 들고 한 번 비춰보더니 '괜찮아'라고 했다. 손수건으로 입술을 닦고 연지를 살짝 덧바르고 옷을 갈아입었다.

남자 하인이 말을 전했다.

"마차가 왔습니다."

중영은 그 말을 듣고 "먼저 나갈게." 하고 말했다.

그때 설향이 다급하게 그를 불러 세웠다.

"천천히 해요, 잠시 있다 같이 나가요."

"마차에서 기다릴게."

설향은 발을 동동거리며 토라진 목소리로 말했다.

"그럼, 전 안 가요!"

중영은 마지못해 돌아와 소매저에게 웃으며 말했다.

"자네 선생 성질 좀 봐, 아직도 어린애야, 그런데 아들을 키운다고!"

설향이 끼어들었다.

"이 애가 철도 없이 왜 내 이야기를 하고 그러지?"

그녀는 또 살짝 옆으로 고개를 돌리고 끄덕이며 조용히 웃으며 말했다.

"난 네 생모야. 알겠니?"

중영은 웃으며 소리쳤다.

"그만하고, 빨리 서두르기나 해!"

설향이 단장을 끝내자 소매저는 은으로 된 물담뱃대를 들고 함께 나갔다. 동합흥리 골목에서 마차를 타고 마부에게 먼저 대마로 형달리 양행으로 가자고 했다. 마차가 포구장을 벗어나 얼마 달리지 않아서 목적지에 도착했다. 마부는 갈중영 일행이 마차에서 내리자 마차를 한쪽으로 끌고 가서 기다렸다. 중영과 설향, 소매저는 양행 문을 들어서며 눈으로 둘러보았다. 아름다운 광채를 발하는 물건들로 눈앞이 어지러워 현

養圖無戲

言徵善教

第六回

三十六

130

기증이 날 지경이었다. 일일이 이름을 말할 수도 없고 또 자세하게 살펴볼 겨를도 없어 대충 둘러보기만 했다. 그 양행의 종업원들은 여러 가지 장난감을 꺼내놓으며 태엽을 돌려 구경하게 했다. 날개를 치며 지저귀는 갖가지 장난감 새도 있고, 박자를 맞춰 춤을 추는 다양한 동물 장난감도 있었다. 또 구리로 만든 서양 인형들은 네다섯 줄로 앉아 나팔을 불고 비파를 타고 심벌즈, 북 등의 타악기들을 치며 합주곡을 연주하였다. 그 외에도 움직이는 배, 차, 개, 말 등 셀 수 없을 정도였다.

중영은 필요한 물건만 골라냈다. 설향은 시계가 달린 팔찌 하나가 마음에 들어 사려고 했다. 중영은 머릿속으로 가격을 계산해서 먼저 수표 한 장으로 지불하였다. 그리고 다시 몇 자를 적어 그 양행 직원에게 물건들을 후마로 덕대 전장으로 보내라고 하고, 그곳에서 나머지를 계산하라고 했다. 계산을 모두 끝내고 난 후 다 같이 양행 문을 나섰다. 설향이 마차 위에서 시계 팔찌를 풀어 소매저에게 보여주자 중영이 말했다.

"예쁘기만 하지, 뭐 특별한 건 없네."

정안사(靜安寺)에 도착하여 명원(明園)으로 들어갔다. 그때가 이미 다섯 시가 넘은 때라 나들이객들은 드문드문 있고 마차도 거의 없었다. 중영은 서양식 건물 일 층에서 차를 마셨다. 설향은 소매저의 부축을 받으며 회랑을 따라 한 바퀴 돌고 돌아가려고 했다. 중영 역시 별다른 재미가 없어 그녀의 뜻을 따랐다.

황포강가에서 사마로로 돌아드니 대로 양쪽에는 가스등이 환하게 켜져 있었다. 집에 도착하자 남자 하인이 말을 전했다.

"건너편에서 두 번이나 초대하러 왔었습니다."

중영은 잠깐 앉았다가 설향과 작별하고 그곳으로 건너갔다. 왕연생은 장혜정의 방에서 그를 맞이했다. 먼저 도착한 손님들이 자리에 앉아 있었다. 주애인, 진소운, 홍선경, 탕소암 말고도 두 사람이 더 있었다. 그들은 상해 관리집안의 자제 도운보(陶雲甫)와 도옥보(陶玉甫) 형제였다. 서른 살이 되지 않는 그들은 갈중영의 집안과는 대대로 교분이 있었다. 서로들 자리를 양보하며 앉았다.

잠시 후 나자부도 도착했다. 진소운이 왕연생에게 물었다.

"또 올 사람이 더 있나?"

"공관 동료 두 명이 더 있는데, 상인리 위하선 집에 가 있겠다고 했네."

"그러면 서둘러 청하게."

"이미 청했네. 굳이 그들을 기다릴 필요는 없어."

왕연생은 아주머니에게 술자리를 준비하라고 하고 탕소암에게 국표를 쓰게 했다. 그곳에 온 남자 손님들이 부르는 기녀들은 모두 오랫동안 사귄 애인들이어서 소암은 묻지도 않고 한 번에 써 내려갔다. 나자부는 그 국표를 가져와서 보고 황취봉의 것을 뺐다.

왕연생이 물었다.

"왜 그러나?"

자부가 말했다.

"자네도 봤잖아, 어제 저녁에 늦게 와서 잠깐 앉았다가 가버리는데 누가 기분 좋다고 부르겠어!"

탕소암이 말했다.

"그녀 탓 하지 마, 아마 다른 곳에서 불러서 갔을 거야."

"다른 곳에서 부르긴! 그녀는 '삼 주 동안 여섯 시'³야."

"그렇다면 더 놀기 좋지."

그때 손님을 재촉하러 간 하인이 돌아와 아뢰었다.

"상인리에 갔더니, 먼저 시작하라고 하셨습니다."

왕연생은 수건을 올리라고 했다. 아주머니는 대답을 하고 국표를 들고 내려갔다. 탕소암이 원래대로 황취봉의 국표를 그 사이에다 끼워 넣은 뒤였다. 왕연생은 방 한가운데 네모난 탁자 세 개를 연결하여 손님들을 청했다. 모두들 마고자를 벗고 편안하게 앉았다. 다만 중간에 있는 교의 두 자리는 비워두었다. 장혜정이 술을 따르고 수박씨 접시를 공손히 올리자 홍선경은 술잔을 받아 들며 그녀에게 말했다.

"선생, 축하합니다."

장혜정은 부끄러운 듯 입을 오므리며 웃었다.

"뭘요!"

선경도 목을 가다듬고 그녀 목소리를 흉내내며 '뭘요!' 하고 따라했다. 모두들 그의 흉내에 한바탕 크게 웃었다.

소당명이 곡목을 올리자, 왕연생은 마음 가는 대로 〈단교 (斷橋)〉[4]와 〈심몽(尋夢)〉[5]을 골랐다. 소당명은 내려가 연주를 시작하였다. 남자 하인이 위모(緯帽)[6]를 쓰고 첫 번째 상어지 느러미 요리를 올릴 때, 뜻밖에도 황취봉이 가장 먼저 도착했 다. 그러자 탕소암이 나자부에게 말했다.

"봐, 제일 먼저 도착하잖아, 자네 비위를 맞춰주려는 거 아 니겠어?"

자부가 입을 내밀며 어딘가를 가리키자 소암은 고개를 돌 려보았다. 갈중영 뒤쪽에 오설향이 먼저 와서 자리에 앉아 있 었다.

"오설향은 본당국과 다름없잖아. 건너오기만 하는 되는데, 그녀와 비교하면 안 되지."

황취봉의 아주머니인 조가모(趙家姆)가 물담뱃대를 꺼내 담 배를 채우다가 탕소암의 말을 듣고 약간 어리둥절해져서 말을 꺼냈다.

"우리는 쪽지를 받고 정말 부랴부랴 왔어요. 가끔 다른 곳 에 있을 때면 바로 올 수 없기는 하지만 일부러 늦게 오겠어 요?"

황취봉은 정색을 하며 조가모의 말을 끊었다.

"무슨 말 하려는 거야! 빠르면 빠른 대로, 늦으면 늦은 대로 지. 왜 그렇게 말이 많아!"

탕소암은 분명 이 말을 들었지만 미소를 지으며 못 들은 체했다. 오히려 나자부가 성질이 나려고 하자 왕연생이 재빨리 화제를 바꾸었다.

"우리 화권이나 하세. 자네가 먼저 오십 잔을 깔게."

"겨우 오십 잔, 뭐 대단한 거라고!"

탕소암이 말했다.

"스무 잔으로 해."

왕연생이 말했다.

"나자부는 기녀들을 많이 불렀잖아. 적어도 서른 잔은 해야 해. 먼저 나와 붙어."

그리고 왕연생은 나자부와 화권을 시작했다.

황취봉은 오설향에게 물었다.

"노래 불렀어요?"

설향이 말했다.

"전 안 부를 거예요. 당신이 불러요."

조가모가 비파를 건네주니 취봉은 줄을 고르고 탄사 개편한 곡을 부르고, 또 경극 곡조인 〈삼격장(三擊掌)〉[7]의 절정부한 소절을 불렀다. 조가모는 나자부 대신 벌주 다섯 잔을 마셔 얼굴이 발개졌다. 자부는 그래도 조가모에게 대신 벌주를 마시라고 했다. 바로 그때 장월금이 와서 술잔을 가로채 갔다. 조가모는 이 틈을 타서 담뱃대 두 대에 담배를 채우며 말했다.

"우리는 먼저 가야 하니 미리 두 잔을 마셔도 되겠지요?"

나자부는 더욱 약이 올라 계항배 세 개를 가져와 술을 가득 따르고 조가모에게 주었다. 조가모는 잔을 집어 들긴 했지만 머뭇거리며 술을 다 마시지 못했다. 황취봉은 성질이 나서 조가모에게 말했다.

"이리 가져와."

그리고 나머지 두 잔을 모두 큰 유리잔에 부어 한 번에 마시고 나서 말했다.

"나중에 건너오셔요."

황취봉은 이 말만 하고 고개도 돌리지 않고 바로 나갔다.

나자부는 탕소암에게 말했다.

"자네 어떤가? 부르지 말 걸 그랬지?"

장월금이 말을 되받았다.

"나리가 잘못했어요. 다 마시지도 못하는 걸 억지로 마시라고 했잖아요."

탕소암이 말했다.

"어린애처럼 소란 피우지 말게, 그게 뭐가 중요하다고 그래. 자네가 사귀지 않으면 그만이야."

나자부가 크게 소리쳤다.

"그래도 또 그녀를 불러야겠어! 아줌마, 붓 가져와!"

장월금은 자부의 소매를 잡아당기며 말렸다.

"누구를 부르겠다는 거예요? 당신…."

그녀는 말을 하다 말고 다시 삼켰다. 그러자 자부가 웃으며 말했다.

"너도 황취봉에게 물든 모양이군."

장월금은 다른 곳으로 고개를 돌려 웃음을 참으며 말했다.

"불러요, 저도 가야 하니까."

"가면, 너도 다시 부를 거야."

월금은 더 이상 웃음을 참을 수 없었다. 아주머니가 붓을 가져오며 물었다.

"붓이 필요하다고 하셨습니까?"

왕연생이 말했다.

"가져와. 내가 대신 써줄게."

나자부는 왕연생이 고개를 숙이고 무엇을 쓰는지 알 수 없었다. 진소운은 가까이 앉아 보고 웃기만 했다. 도운보가 나자부에게 말했다.

"언제 황취봉과 사귀었나?"

"한 보름 전에. 처음에는 그녀가 좋아 보였지."

"월금 선생이 있는데, 뭐 하러 취봉과 사귀려는 건가? 취봉은 성질이 아주 안 좋아."

"기녀가 성질이 있어야지, 아니면 어떻게 일을 해 나가겠나!"

"자네는 몰라. 만약 손님이 그녀의 성질을 헤아려서 마음을 맞춰준다면야 거짓 마음이라도 아주 훌륭해. 그런데 사귄 지 얼마 되지 않았는데 성질을 부리는 건 좋지 않아."

"취봉은 기생어미가 사 온 기녀야, 기생어미가 그냥 내버려

두겠나?"

"기생어미가 감히 어떻게 간섭해. 취봉이 오히려 기생어미를 간섭하려 하지. 기생어미는 무슨 일만 있다 하면 취봉에게 먼저 물어봐. 그러면 취봉이 이건 이렇게, 저건 저렇게 하라고 하고. 게다가 기생어미는 시도 때도 없이 취봉에게 아부를 한다지."

"기생어미가 정말 좋은 사람인가 보군!"

"기생어미가 좋을 리가 있나! 자네 알고 있나? 황이저라고, 바로 황취봉의 기생어미지. 아주머니 출신인데, 기생어미가 되면서 예닐곱 명의 기녀를 샀으니까 역시 조계지에서 유명한 기생어미야. 그런데 황취봉을 만나고 꺾여버렸어."

"황취봉과 무슨 일이 있었어?"

"정말 대단했지! 황취봉이 어린 기녀일 때 기생어미와 싸웠는데, 기생어미한테 두들겨 맞았어. 그때 취봉은 이를 꽉 깨물고 소리 하나 내지 않았다는 거야. 아주머니들이 말리며 떼어놓자 취봉은 탑상 위에 있는 생아편을 두 줌 삼켜버렸어. 기생어미가 그것을 알고 기겁을 해서 황급히 의사선생을 불렀지. 황취봉은 절대 약을 먹으려고 하지 않았어. 구슬려도 보고, 협박도 해보았지만 먹지 않았어. 기생어미라고 별 수 있나. 무릎을 꿇고 그녀에게 머리를 조아리며 '지금부터 너한테 다시는 잘못하지 않을게'라고 했고 그제야 토하려고 했다는군."

나자부는 도운보의 이야기를 듣고 가슴이 두근거리고 모

골이 송연해지고 얼이 나가버렸다. 술자리에서도 모두 탄성이 나오고, 기녀, 아주머니들조차도 이 이야기를 듣고 멍해졌다. 오직 왕연생만이 계속 쪽지를 적는 데 집중하느라 듣지 못한 것 같았다. 그는 쪽지를 다 쓰고 나서 아주머니에게 건네주었다. 나자부가 가져와 보니 마차와 식사비용을 적은 쪽지였다. 그래서 개의치 않고 내버려두었다. 왕연생이 말했다.

"자네들 술을 왜 안 마시고 있나? 자부 자네는 다 마셨나?"

"아직 열 잔 남아 있어."

왕연생이 탕소암에게 화권을 하라고 했다. 그러자 소암이 말했다.

"옥보도 아직 안 했네."

이 말이 끝나기도 전에 계단을 오르는 발소리가 나더니 두 사람이 떠들썩거리며 들어왔다.

"누가 깔아놓은 거야? 우리가 하지!"

이 두 사람이 왕연생의 동료라는 것을 알고 모두 일어나 자리를 양보했다. 그러나 그들은 앉지 않았다. 그중 한 사람은 탁자 앞에 서서 소매를 걸어 올리고 어깨를 비집고 들어와 '오괴(五魁)'[8] '대수(對手)'[9]라며 시끄럽게 소리를 지르고, 또 한 사람은 임소분의 동생 임취분의 허리를 껴안고 입맞추려 하면서 중얼거렸다.

"내 작은 보석, 이 향긋한 얼굴!"

임취분은 급히 얼굴을 가리고 몸을 숙여 탕소암 등 뒤로 가서 소리를 질렀다.

"이러지 말아요!"

왕연생이 황급히 말했다.

"울리지 말게."

임소분이 웃으며 말했다.

"울긴요."

그리고 임취분에게 말했다.

"향긋한 얼굴이라고 한 게 뭐가 거북하다고? 네 꼴 좀 봐, 귀밑머리도 다 헝클어졌어."

취분은 겨우 그 상황에서 벗어나 두구함을 가져와서 거울을 비춰 보았다. 소분이 대신 그녀의 머리를 매만져주었다. 마침 그 두 사람이 데리고 온 기녀 두 명이 뒤이어 도착하자, 그들은 비어 있던 교의에 각각 앉았다.

왕연생이 그들에게 물었다.

"위하선 집은 누가 만든 술자리인가?"

그 두 사람이 말했다.

"요계순(姚季蒓)이지."

"어쩐지 자네 두 사람 모두 많이 취했더라니."

두 사람은 또 큰소리로 떠들어댔다.

"누가 취했다고 그래? 우리는 화권 할 거란 말이야."

나자부는 두 사람이 취한 것을 보자 흥이 도무지 생기지 않아 남아 있는 열 차례를 대충 겨루고 끝냈다. 나자부가 말했다.

"술은 편할 대로 대신 마십시다."

장월금도 대신 몇 잔 마셨다.

나자부의 선이 다 끝났을 때 임소분과 임취분 자매는 이미 가고 없고 장월금도 작별 인사를 했다. 나자부는 그 틈에 자리에서 일어나 조용히 탕소암과 약속하고 안쪽 방으로 가서 마고자를 입고 침대 뒤쪽으로 먼저 나갔다. 집사 고승(高升)이 그를 보자 급히 가마를 대령시켰다. 나자부는 상인리에 가마를 갖다 놓으라고 했다. 탕소암은 나자부가 도운보의 말을 듣고 황취봉의 집으로 가려는 것을 알고 속으로 웃었다.

대문을 나선 두 사람은 골목길 양쪽에 마차와 가마들이 줄줄이 늘어서 있는 것을 보고 하는 수 없이 몸을 옆으로 붙여서서 나왔다. 마침 한 여자 하인이 마차 틈 사이를 비집으며 오고 있었다. 그 여자 하인은 고개를 들고 그들을 보자 마자 웃었다.

"아요! 나 나리!"

그리고 급히 그들이 지나가도록 길을 비켜섰다. 나자부가 자세히 보니 바로 심소홍 집에서 일하는 아금대였다.

"선생 따라 나왔나?"

아금대는 대충 대답하고 가버렸다.

탕소암은 나자부와 함께 황취봉의 집으로 갔다. 남자 하인이 알리자 여자 하인 소아보(小阿寶)가 아래층으로 내려와서 그들을 맞이하며 웃으며 말했다.

"나 나리, 한동안 안 오셨지요."

그녀는 주렴을 걷어 올리며 방으로 안내했다. 잠시 후 황취봉의 두 자매 황주봉(黃珠鳳)과 황금봉(黃金鳳)이 맞은편 방에서 건너와 흘낏 쳐다보더니 '형부' 하며 나자부에게 쪼르르 다가가서 수박씨를 올렸다. 탕소암이 먼저 물었다.

"언니는 나갔어?"

금봉이 머리를 끄덕이며, '예' 하고 대답했다. 소아보가 찻잔을 가져오다 말고 황급히 끼어들며 말했다.

"나간 지 좀 됐으니까 곧 돌아올 거예요."

나자부는 흥이 나지 않아 탕소암에게 눈짓으로 가자고 했다. 그들이 일어나 내려가려고 하자 소아보가 다급하게 소리를 질렀다.

"가지 마세요."

소아보가 급히 따라가 보았지만 이미 늦은 뒤였다.

---

1 亨達利 : 1864년 프랑스인 Hope가 양경빈(洋涇浜)의 삼모각교(三茅閣橋, 지금의 연안로 강서중로 입구)에 개업하였다. 영문명은 'Hope Brother's & Co'이며, 중문명이 '亨達利'인데, 형통(亨通), 발달(發達), 영리(盈利)의 함의를 가지고 있다. 19세기 말 주인이 바뀌어 영국조계의 대마로 포구장(지금의 남경로 하남로 입구)으로 옮겼다.
2 강사차(鋼絲車). 자동차처럼 바퀴에 강철을 사용한 마차.[일]
3 질투한다는 것을 속되게 표현한 말. 삼 주(21일, 卄一日)는 질투를 나타

내는 식초 초(醋)자에서 술 주(酒)자와 더불어 卄一日로 나뉘는 것에서 유래했다. 이 속어는 근대에 생겨나서 50년대까지 유행하였다.

4 단교 : 백사의 화신 백소정(白素貞)과 허선(許仙)의 사랑이야기를 담은 곤극『백사전(白蛇傳)』의 한 대목이다.

5 심몽 : 이 곡은 명대 극작가 탕현조의 대표작이자 곤극의 대표작인『모란정(牡丹亭)』의 제12척에 해당한다. 〈심몽〉은 〈경몽(驚夢)〉과 함께 가장 사랑받는 대목이다.

6 청대(淸代)의 여름 모자. 모자챙이 없다. 대나무나 등나무로 모양을 만들고 비단으로 덧댄다. 기루에서 남자 하인이 명절이나 큰 술자리에 요리를 올릴 때 이 모자를 써서 융숭한 분위기를 연출하였다.[장]

7 경극 곡목명. 〈홍종열마(紅鬃烈馬)〉라고 하며, 일설에서는 〈홍종열마〉의 한 절이라고도 한다. 내용은 다음과 같다. 당 승상 왕윤(王允)의 셋째 딸 왕보천(王寶釧)은 혼사 문제로 부친과 반목하다 부친이 옷을 찢자 집을 나갔다. 부녀는 세 번 손뼉을 치며 다시는 보지 않겠다고 맹세했다. 왕보천은 상부를 떠나 한요(寒窯)로 들어가 설평귀(薛平貴)와 혼인하였다. 주로 〈무가파(武家坡)〉, 〈대등전(大登殿)〉 등과 함께 공연한다.

8 숫자 5를 의미하며, 쌍방이 낸 손가락 숫자 합이 5이면, '오괴'를 외친 사람이 이기게 된다.

9 무승부, 비겼다는 의미

07

악랄한 올가미는 남을 현혹하는 전략을 덮어두고,
아름다운 인연은 박명의 구덩이를 메우다

惡圈套罩住迷魂陣 美姻緣塡成薄命坑

황취봉 동생 금봉은 나자부와 탕소암을 붙잡지 못해 창문턱에 올라가서 큰 소리를 질렀다.

"엄마, 나 나리 가셔요!"

기생어미 황이저(黃二姐)는 작은방 안에서 그 말을 듣고 황급히 쫓아 나왔다. 마침 계단 아래에서 나자부 일행과 부딪혔다. 그녀는 나자부의 소매를 붙잡으며 말했다.

"가지 마세요."

"여기에 있을 시간이 없네."

"가시려면 우리 취봉이 돌아오거든 가세요."

황이저는 또 탕소암에게도 화난 목소리로 말했다.

"탕 나리께서 바쁘셔요? 우리 나 나리와 함께 앉아 이런저런 이야기 나누시지 않고요."

황이저는 다짜고짜 나자부를 붙잡고 위층으로 올라가며 소아보에게 탕소암을 모시고 오라고 했다. 황이저가 말했다.

"마고자를 벗고 잠시 앉아 계셔요."

황이저는 나자부 대신 단추를 풀어주었다. 금봉은 그것을 보고 탕소암의 단추를 풀어주었다. 소아보는 찻잎을 넣고 소암의 손에 들려 있는 마고자를 받아 들었다. 황이저도 나자부의 마고자를 소아보에게 건네주며 옷걸이에 걸어두라고 하였다.

황이저가 고개를 돌리니 한쪽에 황주봉이 우두커니 서 있는 게 보였다. 황이저는 그녀가 접대를 하지 않고 있어 화가 치밀어 올라 눈을 부릅뜨고 째려보았다. 주봉은 깜짝 놀라 얼른 물러나서 황급히 물담뱃대를 가져와 자부에게 담배를 채워주었다. 자부는 손을 내저으며 말했다.

"탕 나리에게 주게."

황이저가 자부에게 물었다.

"술 많이 드셨어요? 탑상에 잠시 누우세요."

자부는 태연하게 탑상으로 가서 누웠다. 소아보는 물수건을 짜서 건네주고 나서 찻잔 하나를 아편 소반에 옮겨놓으며 탕소암에게 차를 권했다. 소암이 벽쪽에 놓여 있는 교의에 앉자 주봉이 옆에서 물담배를 채워주었다. 황이저는 금봉에게도 물담뱃대를 하나를 가져오라고 하였다. 그리고 탑상 앞 등받이 없는 작은 의자에 앉아 담배를 한 모금 빨고 고개를 옆으로 돌리며 조용히 웃으면서 자부에게 말했다.

"화나셨죠?"

"화는 무슨?"

"그런데 왜 며칠 동안 오지 않으셨어요?"

"시간이 없었어."

황이저는 '흥' 하고 콧방귀를 뀌고 잠시 후 웃으며 말했다.

"그거 맞는 말씀이네요. 하루 종일 오랜 애인과 계셨으니 여기에 올 시간이 있었겠어요?"

자부는 살짝 웃기만 하고 대꾸하지 않았다. 황이저는 또 물담배를 한 모금 빨고 천천히 말을 뱉었다.

"우리 취봉의 성질이 그리 좋지 않으니 나리께서 화가 나실 만도 하지요. 사실 그 애는 성질이 좀 있긴 하지만 손님마다 달라요. 나리 면전에서는 성질 낸 것도 아니에요. 탕 나리께서도 취봉을 좀 아실 겁니다. 그 애는 손님을 사귈 때, 상대방이 인내심이 있어서 계속 관계를 유지할 수 있으면 정말 잘해요. 서로 사이가 좋은데 그 애가 왜 성질을 부려요? 인내심 없는 손님에게만 성질을 부리죠. 그 애가 성질을 부리기 시작하면, 말도 마세요. 비위를 맞추지 않는 것은 말할 것도 없고 아예 거들떠보지도 않아요. 탕 나리, 맞죠? 지금 나 나리께서는 우리 취봉이 비위를 맞춰주지 않는다고 화가 나신 모양이신데 어디 알아요, 우리 취봉의 속마음은 나 나리와 잘 지내고 싶어 하는지 말이죠. 나리께서 꼭 사귀려고 하는 게 아니라면 그 애 입장에선 괜히 나리의 비위를 맞춰주고 싶지 않겠죠. 그 애도 나리께서 장월금과 사오 년 동안 만나고 있다는 사실을 알고 있어요. 한번은 나에게 이런 말을 하더군요. '나 나리가 생각보다 인내심이 있나 보죠. 장월금과 사오 년이나 사귀고 있잖아요. 그런데도 나와 사귀는 게 잘 될까?' 그래서 제가 '나 나리가 인내심이 있다는 걸 잘 알면서 왜 비위를 맞추지 않는 거냐?'라고 물었더니, 그 애도 참 말은 잘 해요. '나리에게는 오랫동안 만나는 애인이 있고, 내가 제대로 비위를 맞추지 못해서 괜히 장월금에게 웃음만 사게 될까 봐 그러죠.'라고 하더군요. 이게 그 애의 진짜 속마음이에요. 그 애가 나 나리께 비위를 맞추려고 하지 않는다고 말씀하시면, 그 애 입장에선 오히려 억울하지요. 나 나리, 제가 말씀드리면요, 지금 막 사귀신 터라 우리 취봉의 성격을 잘 모르시지만, 딱 한 절기만 만나보세요. 그러면 알게 될 겁니다. 우리 취봉도 나리께서 사귈 마음이 있다는 것만 알면, 조금씩 비위를 맞춰 갈 거예요."

나자부는 그녀의 말을 듣고 냉소를 지었다. 황이저도 웃으며 말했다.

"제 말이 안 믿기세요? 탕 나리께 한번 물어보세요, 탕 나리께서는 잘 알고 계실 겁니다. 탕 나리, 생각해보세요. 만약 우리 애가 나 나리와 잘 지내고 싶어 하지 않았다면, 나 나리께서 어떻게 열 몇 번이나 불렀겠어요? 그 애 속마음은 잘 지내고 싶어 하는 거예요. 말을 안 해서 그렇죠. 아주머니나 여자 하인들조차도 그 애 속마음을 몰라요. 오직 저만 아주 조금 눈치 챌 뿐이죠. 만약 지금 나 나리를 그냥 보내버리면 나중에 그 애가 돌아와서 저를 두고두고 원망할 겁니다. 그래요, 솔직히 말씀드리지요. 그 애가 이 일을 한 지 오 년 정도 되었어요. 그동안 통틀어 사귄 손님이 세 명 뿐이에요. 한 사람은 상해에 있고, 나머지 두 사람은 일 년에 두 번 상해에 올까 말까 하지요. 깔끔한 걸로 치면 정말 깔끔하다 할 수 있죠. 저도 그 애에게 다른 손님도 눈여겨보라고 하지만 말이죠, 저도 좀 장사가 잘 돼야 하잖아요, 그런데 이것도 어려워요. 격이 좀 떨어지는 손님은 아예 말도 못 꺼내요. 손님이 괜찮다 싶어도 그 애가 그 손님이 인내심이 없다고 하면, 별 수 있나요 엎어야 하지요. 그러니 전들 무슨 수가 있겠습니까? 그러니 그 애와 나 나리의 사이가 좋아서 나리께서 계속 찾아주시면 저 역시 장사도 더 잘 된다고 보는 거죠. 그렇지 않으면 솔직히, 우리 집에 나 나리 같은 손님들 많이 오십니다. 손님이 들어오든 나가든, 다 그 애들이 하지 제가 접대한 적 있나요? 그런데 왜 유독 나 나리만 제가 접대하려고 하겠어요?"

나자부는 여전히 말없이 가만히 있었다. 탕소암 역시 살짝 미소만 머금고 있을 뿐이었다. 황이저가 또 말했다.

"나 나리께서 우리를 찾아주신 지 보름 정도 되었고, 우리 취봉에게도 그런대로 잘해주셨죠. 그래도 우리 취봉은 나리께 오랜 애인이 있다 보니 자기는 빈자리나 때우는 정도로 생각하는 것 같아요. 그래서 제가 '너도 비위를 맞춰봐, 무슨 오랜 애인이고 새 애인이고 따로 있다고 나리께서 너를 푸대접하겠니?'라고 말했더니, 그 애가 '나중에 다시 봐요.'라고 하더군요. 그저께 그 애가 나갔다 돌아와서는 저에게 '엄마, 엄마가 말했죠, 나 나리가 나에게 잘할 거라고. 그런데 나리는 장월금 집으로 가서 술을 마셔요.'라고 하길래, 제가 '술자리가 많은 건 아무것도 아니야.'라고 말해주었죠. 저도 취봉이 그렇게 많이 마음을 쓰고 있는 지 몰랐어요. 글쎄 '나 나리는 오랜 애인과 사이가 변함없이 좋은데, 나와 좋아지겠어요?'라고 하지 뭐예요."

자부는 여기까지 듣고 말이 끝나기 전에 끼어들었다.

"그건 아주 쉽지, 바로 술자리 차려."

황이저는 정색을 하며 말했다.

"나리, 술자리를 만드는 게 중요한 게 아닙니다. 제가 한 말 때문에 술자리를 가지겠다고는 하지 마세요. 취봉이 살갑게 대하지 않는다면 나리를 속인 거라고 비난하실 겁니다. 나리께서 우리 취봉과 사귀고 싶으시면 반드시 우리 애 한 명하고만 만나야 해요. 그러면 백이십분 비위를 맞출 것이고 조금도 잘못하지 않을 거라고 제가 보장합니다. 우리 취봉과 만나게 되면 다시는 장월금과 사귀면 안 됩니다. 양 다리는 안 된다는 거지요. 제 말을 못 믿으시면 나중에 한번 보세요. 그 애가 어떻게 나오는지요, 비위를 맞출지 말지요."

자부가 웃으며 말했다.

"그것도 아주 쉽지. 장월금에게 가지 않으면 그만이잖아."

황이저는 고개를 숙이고 웃더니 또 물담배를 한 모금 빨고 나서 말을 이었다.

"나리, 농담도 잘 하십니다. 사오 년 된 애인인데, 가지 않겠다고 말한다고 해서 가지 않나요? 말이야 아주 쉽죠, 누구를 속여요?"

이 말을 하고 황이저는 물담뱃대를 내려놓고 다른 일이 있는지 건넛방으로 갔다.

순간 자부는 도운보가 한 말이 결코 거짓이 아니구나 생각하고 속으로 진실로 흠모하는 마음이 생겼다. 탕소암과 의논하려 했지만 마뜩잖아 잠깐 생각해보고는 일어나 앉으며 차를 한 모금 마셨다. 주봉은 황급히 물담뱃대를 가져왔지만 자부는 피우지 않겠다고 손을 내저었다. 소아보와 금봉은 화장대 앞에 걸터앉아 등불 가까이 머리를 맞대고 뭔가를 보면서 웃고 있었다. 자부가 물었다.

"무슨 물건이야?"

금봉은 소아보의 손에서 그것을 빼앗아 키득거리며 자부에게 보여주었다. 그것은 다름 아닌 반쪽짜리 호두알이었다. 그 안에 오색빛깔의 춘화가 조각되어 있었다. 자부는 껄껄 웃었다. 금봉이 말했다.

"자, 보세요."

금봉이 껍질 바깥 실을 잡아당기니 껍질 안의 인물들이 움직였다. 그제야 탕소암도 가까이 다가와 보고 또 보더니 금봉에게 말했다.

"이게 뭔지 알아?"

"왜 몰라요, '포도시렁'[1]이죠."

소아보는 웃으며 황급히 말을 막았다.

"탕 나리와 말 섞지 말아요. 아가씨를 놀리는 거예요."

한참 장난치고 웃고 있는데 황이저가 다시 건너와 물었다.

"왜들 웃고 난리야?"

금봉은 황이저에게 그것을 보여주었다.

"어디에서 가져왔어? 제자리에 갖다 놓는 게 좋을걸. 나중에 고장이라도 나면 언니에게 한 소리 들을 텐데."

곧바로 금봉은 소아보에게 갖다 놓으라고 주었다.

나자부는 일어나며 황이저에게 눈짓을 주고 함께 중간 응접실로 갔다. 어두컴컴한 곳에서 두 사람이 무슨 말을 하는지 알 수 없었다. 한참을 소곤거리다 황이저가 창문 밖을 향해 소리쳤다.

"나 나리 집사 밖에 있으면 올라오라고 해."

한편 자부는 방으로 들어가 소아보에게 필묵을 가져오라 했고 해서 탕소암에게는 초대장을 쓰라고 했다. 좀 전까지 함

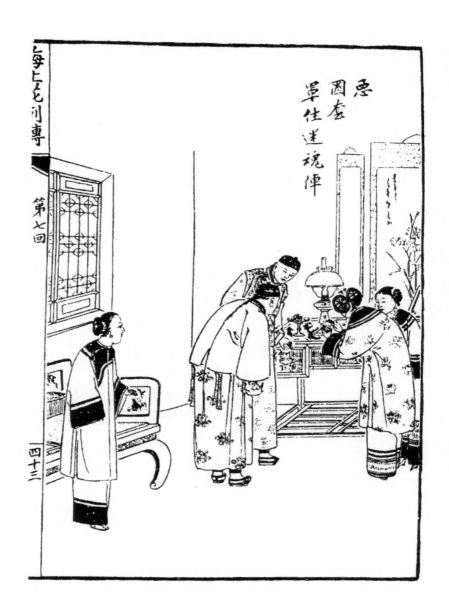

惡
圈
套
翠
生
迷
魂
陣

께했던 몇 사람들을 초대했다. 황이저는 직접 가스등에 불을 붙여 탕소암이 대충 써 내려간 것을 확인하고 소아보에게는 그것을 가지고 내려가 손님들을 초대하라고 남자 하인에게 이르라 하였다. 황이저가 자부에게 말했다.

"나리의 집사가 기다리고 있어요. 하실 말씀 있으신가요?"

"오라고 하게."

바깥에서 고승은 부르는 소리를 듣고 황급히 주렴을 걷고 방으로 들어왔다. 자부는 몸에 차고 있던 열쇠꾸러미를 건네주며 지시했다.

"넌 돌아가서 내 침대 뒤 세 번째 함 안에 들어 있는 문갑을 가져오거라."

고승은 열쇠를 받아 들고 갔다. 황이저가 물었다.

"술자리를 차릴까요?"

괘종시계를 보니, 시간은 벌써 한 시 삼십 분을 넘기고 있었다.

"차려야겠네. 시간이 늦었어."

탕소암이 웃으며 말했다.

"뭐가 급해! 취봉이 돌아오는 시간에 맞추는 게 딱 좋지."

황이저가 황급히 말했다.

"빨리 오라고 할게요. 그쪽은 도박하는 곳이라 대신 마작을 하는 모양이에요. 안 그러면 이렇게까지 오래 걸릴 리가 없어요."

그리고 큰 소리로 말했다.

"소아보, 얼른 가서 빨리 돌아오라고 해."

소아보는 대답하고 내려가려 하였다. 황이저가 갑자기 그녀를 또 불러 세웠다.

"잠깐, 할 말이 있어."

황이저는 급히 뒤쫓아 나가 계단 입구에서 소아보의 귀에 대고 소곤거리고 나서 말했다.

"꼭 기억해."

소아보가 간 후 황이저는 남자 하인에게 탁자와 의자를 옮기고 젓가락과 술잔을 놓으라고 시키고 술자리를 마련했다. 손님을 초대하러 간 하인도 돌아와 말을 전했다. 주애인과 도씨 형제만 올 수 있고 나머지는 돌아갔거나 잠자리에 들어 대신 감사의 말만 전했다고 했다. 나자부도 어쩔 수 없었다.

갑자기 아래층 대문으로 가마 들어오는 소리가 들려왔다. 황이저는 취봉이라고 생각하고 급히 창가로 가서 내다보았다. 그런데 주애인이었다. 나자부는 그를 맞이하며 자리를 양보했다. 주애인은 황취봉도 없는데 술자리를 마련하는 이유가 궁금해서 조용히 탕소암에게 물어보고서야 상황을 이해했다.

두 시가 거의 다 되도록 한담을 나누고 있는데 갑자기 소아보가 헉헉대며 방으로 뛰어 올라오며 말했다.

"왔어요! 왔어요!"

황이저가 말했다.

"왜 뛰어 와?"

"급하죠. 선생님도 급히 오고 계세요."

"왜 이렇게 오래 걸렸대?"

"대신 마작을 했대요."

"내가 그럴 거라고 했잖아. 예상은 했어."

곧이어 자박자박 발자국 소리를 내며 올라오는 소리가 들리자, 황이저는 황급히 맞이하러 나갔다. 먼저 조가모가 비파와 물담뱃대를 들고 들어오며 '나 나리' 하고 웃으며 물었다.

"오래 기다리셨어요? 하필 도박판에 불려갔을 때였네요. 재촉하러 오지 않았다면 한참 더 있어야 했을 거예요"

잠시 후 황취봉이 천천히 방으로 돌아왔다. 황취봉은 수박씨 접시를 공손히 올리고 나자부에게 고개를 돌리며 애교스럽게 웃음을 환히 지어 보였다. 자부는 취봉의 이런 모습을 본 적이 없는 데다 의외의 대접을 받고 보니 몹시 흐뭇했다. 얼마 후 운보도 도착했다. 나자부가 말했다.

"옥보만 아직 오지 않았네, 우리 먼저 앉지."

탕소암은 곧바로 손님을 재촉하는 초대장과 국표를 조가모에게 건네주며 말했다.

"먼저 동흥리 이수방에게 가보게, 손님과 기녀 모두 그곳에 있을 거야."

조가모가 대답했다.

"알겠습니다."

그리고 모두들 자리에 앉았다. 황취봉은 손님들 앞으로 다가가 술을 한 잔씩 따르고, 나자부 뒤에 앉았다. 주봉과 금봉은 술자리 예의를 갖춰 접대를 하고 편히 앉았다. 황이저는 이 틈을 놓치지 않고 슬쩍 빠져나갔다. 취봉은 소아보에게 호금을 가져오라고 하고 금봉에게 비파를 주었다. 그리고는 탄사 개편도 부르지 않고 바로 자신이 가장 잘 부르는 〈탕호선(蕩瑚船)〉[2] 전곡을 금봉과 함께 부르기 시작했다. 손님들은 노래를 듣느라 술 마시는 데는 안중에도 없었다. 자부는 노래를 들으며 멍하니 있었다. 마치 혼이 빠져나간 것 같았다. 조가모가 아뢰었다.

"도씨 둘째 도련님께서 오셨습니다."

자부는 그래도 전혀 반응이 없었다. 도옥보가 술자리로 들어오자 그제야 놀라며 황급히 일어나 그에게 인사를 했다.

기녀들도 속속 도착했다. 도옥보는 기녀를 데리고 왔기 때문에 또 부를 필요가 없었다. 이상한 것은 그가 데리고 온 기녀가 이수방(李漱芳)이 아니고 열두 세 살로 보이는 어린 기녀라는 점이었다. 눈썹은 그린 듯했고, 천진난만하게 옥보 팔꿈치에 꼭 붙어서 떨어지지 않았다. 자부가 물었다.

"누군가?"

"이완방(李浣芳)입니다. 이수방의 동생인 셈이죠. 수방이 어디 몸이 불편한지 땀도 좀 흘리고, 잠이 들려고 해서 일어나지 말라고 했습니다. 그래서 대신 데리고 왔습니다."

마침 황취봉은 노래를 마치고 술자리 분위기를 살피며 말했다.

"뭘 좀 드셔야지요."

그녀는 나자부를 살짝 밀며 말했다.

"아무 말씀 안 하세요?"

자부가 웃으며 말했다.

"먼저 타통관³ 해야지."

그리고 손을 뻗어 주애인과 시작했지만 특별히 승패라고 할 것도 없이 진행되었다. 다음 차례에서는 옥보가 지고 말았다. 이완방은 옥보가 화권에 진 것을 보고 옥보가 마시지 못하도록 두 손으로 술잔을 덮고 모두 아주머니에게 주었다. 옥보는 다섯 번을 연달아 져서 한 잔은 본인이 마셔야 했다. 그런데 이완방이 술잔을 빼앗으며 안절부절 못하며 말했다.

"마시지 말아요, 저희들 생각도 좀 해주셔야죠?"

옥보는 하는 수 없이 잔을 내려놓았다.

나자부는 이완방의 말이 이상해서 고개를 돌리며 그 이유를 물으려고 하였다. 그때 주렴 사이로 고개를 내밀고 있는 황이저를 보았다. 자부는 알았다는 듯이 입을 다물고 곧바로 자리에서 일어나 건넛방으로 갔다. 황이저는 집사 고승도 데리고 들어갔다. 고승이 문갑을 올려놓자 황이저는 탁자에 있는 서양등을 켰다. 자부는 또 다른 작은 열쇠로 문갑을 열고 열냥짜리 금팔찌 한 짝을 꺼내 황이저의 손에 쥐어주었다. 그리고

美姻緣填
成薄命
坑

159

는 다시 문갑을 잠그고 황이저에게 잠시 보관해두라고 하고 자신은 열쇠 두 개를 챙겼다.

"내가 가서 황취봉을 이리로 보낼 테니 모양이 마음에 드는지 물어 보게."

그러고는 건넛편 방으로 돌아가 조용히 황취봉에게 말했다.

"당신 엄마가 불러."

취봉은 못 들은 척하며 한참을 가만히 있다가 갑자기 일어나 나갔다.

나자부는 자리가 썰렁하여 물었다.

"누가 선을 깔아놓은 건가?"

도운보가 말했다.

"우리들끼리 두 판이나 했네. 옥보는 먼저 보내주지. 아주머니와 이완방이 술을 못 마시게 하는데 뭐 하러 여기에 있겠나? 옥보 한 사람 때문에 아주머니와 여자 하인들이 이리저리 뛰어다니느라 바쁘고 또 누구는 초조해하고 있을 테니 말이야. 나중에 그 사람이 놀라 어떻게 되면 내 책임이라고 할 텐데, 보내주는 게 차라리 홀가분하지 않겠나?"

도운보의 말에 모두들 웃음을 터뜨렸다.

과연 여자 하인 둘과 여러 아주머니들이 옥보를 둘러싸고 있는 것을 보고 나자부가 말했다.

"자네를 붙잡아두면 안 되겠는걸."

도옥보는 한 마디도 못하고 멋쩍게 작별인사를 하고 이완

160

방과 함께 먼저 갔다.

　나자부는 도옥보를 배웅하고 돌아와서 말했다.

　"이수방과 옥보는 정말 사이가 좋아!"

　도운보가 말했다.

　"사이가 좋은 사람들이야 많지만 저들처럼 사이가 좋은 사람들은 보지 못했네. 말로도 다할 수 없고, 그림으로도 그릴 수 없지. 어디로 가든지 아주머니를 꼭 따라붙게 해서 함께 가고 함께 돌아오지. 서로 하루라도 못 봤다고 하면 아주머니와 하인들이 사방팔방으로 찾아다녀야 하고, 찾지 못하면 참으로 시끄러워져. 내가 하루는 일부러 그들을 보러 갔었지. 어디 알았겠는가, 글쎄 두 사람은 한 마디도 하지 않고 멍하니 마주보고만 있는 거야. 그래서 내가 무슨 일이 있냐고 물었더니, 그들도 아무 대답을 못 하는 거야."

　탕소암이 말했다.

　"아무리 생각해도 그들은 인연이야."

　도운보가 말했다.

　"무슨 인연, 내가 볼 땐 악연이야! 자네도 봤잖아, 옥보가 요즘 넋이 나가 멍하지 않던가, 그들에게 꼭 붙들려서 한 발짝도 움직이지 못해. 가끔 내가 옥보에게 연극을 보러 가라고 하면 곁에서 수방이 '극장 안은 나팔, 북 소리가 너무 시끄러우니 가지 말아요.'라고 하고, 마차를 타러 가자고 하면, '마차는 너무 흔들리니 가지 말아요.'라고 해. 제일 우스운 이야기가 있어. 한번은 사진을 찍으러 갔는데 말이야, 눈에도 빛이 들어왔다는 거야. 그다음 날 날이 샜는데도 못 일어나더니 옥보에게 눈을 핥아 달라네. 한 보름 동안 핥고 나서 나아졌다는 거야."

모두들 그 말에 한바탕 크게 웃었다. 도운보는 고개를 돌려 손으로 자기가 부른 기녀 담여련(覃麗娟)을 가리키며 웃으면서 말했다.

"내가 사귀는 애인처럼 사이가 좋으면 좋은 대로 안 좋으면 안 좋은 대로, 이게 좋아. 와도 싫증내지 않고 가도 그리워하지 않고 마음이 내키는 대로 하니 이 얼마나 좋아?"

담여련이 말을 받았다.

"느닷없이 왜 우리 이야기를 끌어다 넣어요? 당신이 그들처럼 사이가 좋아지고 싶으면 당신도 그녀와 사귀면 되잖아요!"

"나는 자네가 좋다고 했는데 잘못 말했나?"

"당신은 짓궂어요. 그러니까 늘 이런 식이죠. 사이가 좋아지지도 않고 나빠지지도 않잖아요."

운보가 말했다.

"그래서 자네가 좋다는 거 아니야. 자네는 생각한다는 게, 고작 내가 짓궂다고밖에 할 줄 몰라?"

주애인이 정색을 하며 말했다.

"자네는 농담이라고 하지만 뼈가 있어. 내가 보니까 애인과는 사이가 좋을수록 오래가지 않아. 오히려 이런 식으로라도 한 해 한 해 지내기만 하면 돼."

이렇게 말하는 주애인 뒤에서 임소분은 끼어들지 않았지만 얼굴을 찌푸렸다. 나자부가 곁눈질로 보고 급히 화제를 돌렸다.

"그만해. 자네가 선을 놓게나, 내가 응수해주지."

1 葡萄架 : 『금병매(金瓶梅)』의 제27회에 서문경이 반금련의 두 발을 각대로 묶어 양쪽 포도시렁에 매달고 성행위를 하는 장면이 나온다.
2 蕩湖船 : 서호에서 배 젓는 여자들에게 넋이 나간 남자를 사기꾼이 속여 물건을 갈취한다는 내용을 담은 극이다. 경극에도 있다.[일]
3 打通關 : 술자리에서 모든 사람과 차례로 화권을 하며 벌주를 마시는 것을 말한다.

08

꿍꿍이속을 품고 붉은 색실이 담긴 상자를
억지로 맡기게 하고, 영민한 입담을 뽐내며
일곱 가지 향이 나는 마차를 물리치다

蓄深心劫留紅線盒 逞利口謝却七香車

나자부가 주애인과 막 화권을 하려는데 갑자기 황이저가
'나 나리' 하고 나지막하게 불렀다. 자부는 손을 내밀다 말고
곧바로 나갔다. 황이저는 바깥방에서 그를 맞이하며 말했다.

"금봉에게 대신 하라고 할까요?"

자부가 고개를 끄덕이자 황이저는 바로 술자리가 벌어진
방으로 들어갔다. 자부 혼자 건넛방으로 들어가니 황취봉 혼
자 탁자 옆에 놓인 교의에 앉아 있었다. 그녀 앞에는 금팔찌가
놓여 있었다. 취봉은 자부가 다가오는 것을 보고 싱긋 웃었다.

"오셔요."

그리고 자부의 손을 잡아끌고 탑상에 앉히며 말했다.

"엄마가 당신에게 속았어요. 당신 말만 듣고 좋아서는. 그런데 저는 당신이 말뿐이라는 것을 알지요. 당신에게는 장월금이 있는데 어떻게 우리를 돌봐준다는 거예요? 엄마가 팔찌를 가져와서 보여주는데, 제가 '팔찌가 뭐 그리 대단한 거라고, 장월금에게는 뭘 더 얼마나 선물했는지 모르잖아요! 제게도 하지 않는 팔찌가 얼마나 많은데 뭐 하러 이런 걸 요구했어요?'라고 엄마한테 말했어요. 당신, 이거 도로 가져가세요. 며칠 뒤에 당신이 정말 장월금과 발길을 끊고 저를 도와줄 생각이 드시면 그때 다시 주세요."

그녀의 말을 들은 자부는 냉수 한 바가지를 끼얹은 듯했고 바로 해명했다.

"장월금에게는 다시는 절대 가지 않는다고 내가 말했잖아. 못 믿겠다면 내가 내일 친구에게 대신 장부를 다 정리하라고 할게, 어떠냐?"

"장부야 정리해도 가실 수 있죠. 당신과 장월금은 사오 년을 보낸 오래된 사이잖아요. 게다가 사이도 좋아요. 지금이야 가지 않겠다고 말씀하시지만, 또 그곳에 간다고 하시면 제가 어떻게 가지 못하게 하겠어요?"

"안 가겠다고 했는데 어떻게 다시 갈 수 있겠어? 헛소리가 아니야."

"당신이 무슨 말씀을 하시든 전 믿지 않아요. 당신도 생각해봐요. 당신은 가지 않겠다고 말씀하시지만, 장월금 쪽에서 당신 공관으로 찾아와 당신을 초대하지 않을까요? 그쪽에서 자신들이 무슨 잘못을 했길래 당신이 화났냐고 물으면 당신은 무슨 말을 하실 건가요? 창피를 무릅쓰고 저희 쪽에서 못 가게 했다고 말씀하시든지요."

"초대해도 내가 안 간다는데, 그들도 무슨 뾰족한 수가 있겠어?"

"쉽게 말씀하시네요. 당신이 안 간다고 그들도 포기할까요. 꼭 당신을 끌고 가려고 할 텐데 당신이야말로 무슨 수가 있겠어요?"

자부는 혼자 궁리하다 물었다.

"그러면 내가 어떻게 해야 하는지 말해봐."

"좋아요. 당신이 저와 사귀려면 여기에서 두 달 동안 지내셔야 하고 혼자선 절대 외출할 수 없어요. 당신이 어디를 가시든 저와 함께 가야 해요. 그래야 장월금 쪽에서 당신을 초대하기 쉽지 않겠죠. 어때요?"

"나는 공무가 많은 사람인데 어떻게 대문 밖을 나가지 말라는 거야!"

"그러면 증서를 가져와요. 제가 그걸 가지고 있으면 당신이 장월금한테 가도 걱정하지 않을 테니까요."

"무슨 증서를 어떻게 쓰라는 거야?"

"증서를 쓴다고 무슨 소용이 있겠어요! 당신에게 중요한 물건 몇 가지를 여기다 갖다 놓으시면 그것을 증서로 삼지요."

"중요한 물건이라면 은화지 뭐."

취봉은 쓴웃음을 지으며 말했다.

"당신 눈에는 제가 속물로 보이죠! 제가 당신 은화를 탐낸다고 생각하세요? 당신은 돈을 대단한 물건이라 생각하겠지만 저에겐 아무것도 아닙니다."

"그러면 어떤 물건이면 되겠어?"

"제가 당신 물건을 탐낸다고 생각지 말아요. 당신 생각해서 그런 거니까요. 당신 물건을 여기에다 두면 어쩌다가 당신이 장월금에게 가려고 해도 물건이 내 손에 있다는 걸 생각하고는 엄두를 못 내다가, 아예 갈 마음도 싹 사라지겠죠. 당신 생각은 어때요?"

자부는 갑자기 생각이 난 듯 말했다.

"있어. 방금 가져온 문갑이 바로 중요한 물건이야."

"그게 좋겠군요. 당신, 여기에 두면 마음을 놓을 수 있겠어요? 제가 먼저 당신에게 한마디 하죠. 당신이 장월금에게 한 번이라도 가신다면 상자 속에 있는 물건들을 꺼내다 불을 질러버릴 거예요!"

자부는 혀를 내두르고 머리를 내저으며 말했다.

"야, 정말 독해!"

취봉이 웃으며 말했다.

"독하다고 하셨어요? 당신 또 사람 잘못 봤군요. 전 기녀지만, 돈으로는 절대 저를 살 수 없어요. 당신 그 팔찌는 두말할 것도 없고 팔찌를 열 개 갖다 줘도 안중에도 없을 테니까요. 팔찌는 당신이 도로 가져가세요. 당신이 저에게 주고 싶으시면 다른 날에 주세요. 오늘 밤만큼은 당신에게 가볍게 보이고 싶지 않군요. 마치 제가 당신 팔찌에 넘어간 것처럼 말이죠."

그러면서 취봉은 탁자 위에 놓여 있던 그 팔찌를 직접 자부의 손에 끼워주었다. 자부는 더 이상 맞서기가 어려워 어쩔 수 없이 그녀의 뜻을 따랐다.

"그러면 문갑에 도로 넣어두었다가 며칠 뒤에 너에게 주는 것은 괜찮겠지. 그런데 문갑 속에 있는 창고보관증과 수표들은 가끔씩 사용해야 하는데, 그땐 어떡하지?"

"당신이 사용해야 하면 가져가세요. 창고보관증과 수표가 아니더라도 안에 든 물건을 사용해야 하는 날에는 언제든지 가져가셔도 괜찮아요. 어쨌든 당신 물건인데 제가 꿀꺽 삼켜 버릴까 봐요?"

자부가 잠시 중얼거리며 망설이다 말했다.

"물어볼 게 있는데 말이야, 왜 팔찌는 원하지 않아?"

취봉은 웃으며 말했다.

"제 뜻을 어떻게 아시겠어요! 당신이 명심해야 할 것은 저와 사귀려면 돈을 중시해서는 안 된다는 겁니다. 제가 돈이 필요해서 당신에게 천팔백을 요구해도 그건 많은 돈이 아닌 거고, 돈이 필요하지 않으면 당신에게 땡전 한 푼도 요구하지 않을 거예요. 당신이 물건을 보내고 팔찌를 선물해도 호의 정도

善深心叛留紅
緣盒

로만 여길 것이고, 당신이 제게 벽돌을 선물하더라도 이 또한 당신의 호의로 받아줄 거예요. 당신, 이런 저의 성격을 부디 잘 알아두세요."

자부는 이 말을 듣고 자기도 모르게 깜짝 놀라서 벌떡 자리에서 일어났다.

"자네라는 사람, 정말 특이해!"

자부가 말했다.

"두 판은 더 해야지."

도운보가 말했다.

"자네가 재미를 보고 있는 동안 난 주애인과 많이 마셨네."

자부는 웃음을 띠며 자리를 비운 것을 사과하고 곧바로 죽을 가져오라고 했다. 술자리의 손님들은 더 이상 먹을 수 없을 만큼 배가 불렀지만 예의상 조금씩 먹었다.

술자리가 끝나자 모두 작별인사를 했다. 자부는 계단 앞까지 배웅을 해주었다. 뒤에 있는 탕소암을 보고 잠시 생각을 한 뒤 말을 꺼냈다.

"자네에게 부탁할 일이 있으니, 내일 다시 만나서 의논하세."

탕소암은 그러겠다고 대답했다. 도운보와 주애인의 가마가 문을 나선 후에 탕소암은 걸어서 돌아갔다.

나자부가 방으로 돌아오니 남자 하인은 이미 자리를 정리하고 나가고 없고, 조가모는 비로 대충 쓸고 소아보와 함께 찻잔을 정리하고 내려갔다. 자부는 편히 자리에 앉아 취봉이 머리 장식을 뽑는 것을 바라보았다.

잠시 후 황이저가 다시 방으로 들어와 자부와 한담을 나누었다. 취봉은 그 문갑을 가져오라고 해서 자부에게 건네주었다. 자부는 팔찌를 문갑 속에 넣었다. 황이저는 그 까닭을 몰라 자부를 한 번 취봉을 한 번 눈알을 굴려가며 봤다. 취봉은 전혀 개의치 않고 자부도 하던 대로 문갑을 잠갔다. 취봉은 또 황이저에게 그 문갑을 뒤쪽에 있는 관상(官箱)[1]에 넣어두라고 했다. 황이저는 그제야 눈치를 채고 그 상자를 받아 들고 가다 말고 자부를 돌아보며 물었다.

"가마는 돌려보내실 거죠?

"고승을 불러오게."

황이저는 곧장 고승을 불러 올렸다. 자부는 고승에게 몇 마디 분부를 하고 나서 가마를 공관으로 돌려보내라고 했다. 잠시 후 소아보가 들어와 취봉을 건넛방으로 청했다.

취봉이 나가려다 방에 자부만 있는 것이 신경쓰여 소아보에게 물었다.

"주봉은?"

"엄마가 모두 자러 가라고 했어요."

취봉이 괘종시계를 보니 벌써 네 시를 넘기고 있어 별 말 하지 않고 창가로 가서 큰 소리로 불렀다.

"모두 어디로 간 거야!"

조가모가 아래층에서 황급히 대답을 하고 한걸음에 달려와 자부를 보며 물었다.

"나리, 잠자리를 볼까요?"

자부가 고개를 끄덕였다. 이에 조가모는 이불을 펴고 불을 끄고 나갔다. 자부는 취봉이 방으로 다시 돌아온 후에야 잠이 들었다. 하룻밤 이야기는 하지 않겠다.

자부가 잠에서 깨었을 때는 햇살이 창가를 비추고 있었으나 아직 이른 아침이었다. 소아보는 걸레로 옷장이며 탁자, 의자를 닦고 있었다. 그런데 취봉이 어디로 갔는지 보이지 않았다. 중간 방에서 소리가 들려왔다. 아마도 취봉이 창가 아래에서 일찌감치 단장하고 있는 모양이었다. 그는 다시 잠을 청해보았지만 잠이 들지 않았다.

머리 손질을 끝내고 방에 들어온 취봉은 옷장을 열고 옷을 갈아입었다. 자부도 일어나 옷을 걸치고 침대에서 내려왔다.

"더 주무셔요. 아직 열 시도 안 됐어요."

"몇 시에 일어난 거야?"

취봉이 웃으며 말했다.

"잠을 못 잤어요. 일곱 시 조금 넘어서 일어났어요. 당신은 잘 자고 있더군요."

조가모는 자부가 일어난 기척을 듣고 세수와 양치질 시중을 들었다. 그리고 나서 어떻게 요기할지를 물었다.

"생각이 없네."

취봉이 말했다.

"조금 있다가 점심을 먹죠."

조가모가 말했다.

"점심까지는 한참 남았어요."

자부가 말했다.

"조금 있다 먹는 게 좋겠어."

취봉이 말했다.

"어서 준비하라고 해."

조가모는 대답을 하고 내려가려는데 자부가 다시 그녀를 불러 세웠다.

"고승은 왔는가?"

"온 지 한참 되었습니다. 부를게요."

고승은 부르는 소리를 듣고 올라와 자부에게 인사를 하고 초대장 하나와 은화 한 꿰미를 올리며 물었다.

"가마를 준비할까요?"

"오늘은 일요일이니까 특별한 일 없으니 가마는 필요 없다."

그리고 그는 취봉을 돌아보며 물었다.

"우리 마차 탈까?"

"좋아요. 마차 두 대 불러서 타죠."

자부는 그 말에 대답은 하지 않고 다시 그 초대장을 보았다. 오늘 저녁 홍선경이 주쌍주의 집으로 청하는 것임을 확인하고 손에서 내려놓았다. 고승은 다른 분부가 없어 곧 물러갔다.

자부는 갑자기 한 가지 일이 생각나 취봉에게 물었다.

"내 기억에 작년 여름인가, 자네가 키 큰 손님과 함께 밤에 명원에 있는 걸 봤는데 그때는 자네 이름을 몰랐어. 자네 이름을 알았더라면 작년에 불렀을 거야."

취봉은 순간 멍해졌다.

"아니, 우리가 손님과 마차 타는 게 뭐 특별한가요. 정월에 어느 광동 손님이 마차를 타자고 하는데 그 사람과는 내키지 않아서 '두 대로 타고 가죠.'라고 했죠. 그런데 그 사람이 뭐라고 했는지 알아요? '네가 손님과 마차를 타고 싶지 않으면 할 수 없지. 만에 하나 다른 손님과 함께 마차 타고 있는 게 내 눈에 띄기만 해. 본때를 보여줄 테야. 그때는 재미없을걸.' 하고 말하지 뭐예요."

"그래서 뭐라고 말했어?"

"제가요? '전 한 달에 한 번 마차를 탈까 말까 하지만 오늘은 당신이 처음으로 가자고 해서 그러자고 했는데 오히려 저를 겁박해요! 전 안 갈 거니까 당신만 타고 가셔요.'라고 했죠."

"그 사람이 난처했겠는데?"

"그 사람이야 마지못해 나와 만나는걸요."

"네 엄마도 네가 성질이 있다고 하더니 틀린 말이 아니구나."

"광동 손님은 무례해요. 솔직히, 그런 사람과 사귀고 싶지 않죠. 그런 사람에게 뭐 하러 비위를 맞추겠어요."

이런 대화가 오가는 사이 벌써 열두 시가 되었다. 조가모는 큰 쟁반을 들고 소아보는 술병을 들고 방에 들어와 창가 대리석 탁자 위에 놓았다. 그들은 술잔과 젓가락을 놓고 자부를 청했다. 취봉은 직접 계항배에 술을 따라 자부에게 올리고 자신은 작은 은잔을 가져와 마주 앉았다. 황이저도 자부를 보러 올라와서 시중을 들며 말했다.

"저희가 직접 만든 요리 어때요?"

"식당보다 훨씬 나은데."

"저희는 요리사가 있어요."

그러곤 황이저는 햄 한 접시와 오리발 찜 한 접시를 가리키며 말했다.

"이건 어제 술자리 요리예요."

취봉은 황이저를 보며 말했다.

"엄마도 와서 좀 들어요."

"아니, 내려가서 먹어야지. 금봉을 불러서 시중들라 할게."

그러자 자부가 말했다.

"천천히 하게."

그리고 은화 꿰미를 황이저에게 건네주며 하인들 행하로 쓰라고 했다. 황이저는 그 돈을 받아 들며 말했다.

"감사합니다, 나리."

자부가 그녀에게 물었다.

"뭘 감사해?"

황이저는 웃으며 말했다.

"제가 먼저 그 애들 대신 감사 인사를 한 건데, 잘못했나요."

황이저는 농담을 하며 곧장 내려가 하인들에게 나누어주었다.

방에 아무도 없자 자부는 약간 술에 취한 척하며 취봉에게 다가가 치근덕거렸다. 취봉은 그를 밀치며 말했다.

"그만! 조가모가 와요."

자부는 고개를 돌려 아무도 없는 것을 확인하고는 아예 취봉 위에 올라타며 말했다.

"나를 속였어! 조가모도 그 남편과 한참 재미를 보고 있을 텐데 우리를 보러 올 틈이 어디 있어!"

취봉은 역겨워 이를 꽉 깨물었다. 다행히 때마침 금봉이 들어오자 자부는 손에 약간 힘을 풀었다. 취봉은 그 틈을 놓치지 않고 그를 힘껏 밀쳤다. 그 바람에 하마터면 자부는 나자빠질 뻔했다. 금봉은 손뼉을 치고 웃으며 말했다.

"제부, 왜 저한테 절을 하고 그러세요?"

자부는 몸을 획 돌리더니 금봉을 안으며 입술을 훔치려 했다. 금봉이 다급한 목소리로 소리를 질렀다.

"이러지 말아요!"

취봉은 한걸음에 가서 말렸다.

"당신 왜 소란을 피워요, 깔끔하지 못하게!"

자부는 황급히 손을 놓으며 말했다.

"소란 피우지 않을게요! 않을게요! 선생님, 화내지 말아요!"

그가 취봉에게 반절을 하자 그녀도 '큭' 하고 웃었다.

금봉은 자부를 밀며 자리에 앉았다.

"술 한 잔 하세요."

금봉은 술병을 가져와 자부에게 술을 따르려는데 술이 나오지 않아 뚜껑을 열어 보고 웃으며 말했다.

"술이 없네요!"

그녀는 소아보에게 술을 가져오라고 했다.

취봉이 말했다.

"마시게 하지 마. 취하면 또 소란 피울 거야."

자부는 두 손을 맞잡고 애원했다.

"세 잔만 더, 소란 피우지 않을게."

소아보가 술병을 들고 오자 자부가 손을 뻗어 받아 들려 하는데 취봉이 먼저 가로챘다.

"더 이상 안 돼요!"

자부는 간절히 애원했다. 소아보가 옆에서 웃으며 말했다.

"못 마시게 하니까 우시겠는걸요!"

자부는 정말 엉엉 우는 체했다. 금봉이 말했다.

"조금만 마시게 해요. 제가 한 잔 드릴게요."

금봉은 취봉의 손에서 술병을 받아 들어 칠 부 정도 잔을 채웠다. 자부는 손을 모아 인사를 하며 말했다.

"고맙습니다! 한 잔 가득 채워주시면 안 되나요?"

취봉은 웃음을 참지 못하며 말했다.

"어쩜 이렇게 낯이 두꺼우실까!"

"세 잔 마신다고 했잖아. 더 마시면 사람이 아니야. 이제 믿을 수 있겠나?"

취봉은 얼굴을 돌려 못 들은 체했다. 그러자 소아보와 금봉은 떼굴떼굴 구르며 웃었다.

자부가 세 잔을 마셨다. 마침 황이저가 상을 들고 올라와 소아보에게 말했다.

"내려가 밥 먹거라, 내가 대신 할 테니."

자부는 황이저가 이미 밥을 먹었다고 생각하고 말했다.

"우리도 밥 먹지."

"한 잔 더 받으세요."

자부는 이 말을 듣고 펄쩍 뛰며 취봉을 가리키며 소리쳤다.

"엄마가 나보고 술 한 잔 하라는 말 들었지? 설마 못 마시게 하지는 않겠지?"

취봉은 미간을 찌푸리며 말했다.

"말을 할수록 생기가 도는군요!"

취봉은 끝내 소아보에게 술병을 가져가라고 하고 바로 식사 준비를 하라고 일렀다. 황이저는 삼인상을 차려 올렸다. 금봉은 상아 젓가락을 들고 와 같이 앉았다.

잠시 후 조가모와 소아보가 함께 와서 시중을 들었다. 식사를 끝내고 정리를 한 다음 모두 편하게 앉아 차를 마셨다. 주봉도 살랑살랑 걸어와 나자부에게 물담배를 채워주었다. 자부는 그것을 받아 들고 피웠다.

세 시 즈음 나자부는 소아보에게 일러 남자 하인에게 마차 두 대를 부르라고 했다. 조가모는 세숫대야에 물을 붓고 취봉

에게 세수를 권했다. 취봉은 금봉에게 단장하고 함께 외출하
자고 했다. 금봉은 흔쾌히 동의하고 소아보와 함께 건넛방으
로 가서 세수를 하고 단장을 했다.

취봉은 옅게 화장을 했는데도 자연스러운 아름다움과 우아
한 분위기를 자아내 사람의 시선을 잡는 특별한 매력을 가지
고 있었다. 그녀는 화장을 끝내고 혼자 침대 뒤로 갔다. 조가
모는 화장 도구를 정리하고 궤짝에서 옷 한 벌을 꺼내 침대 위
에 놓아두고 은담뱃대를 가지고 바삐 옷을 갈아입으러 나갔
다.

금봉이 먼저 단장을 하고 건너와 기다렸다. 자부가 보니, 그
녀는 은홍색 짧은 소매 아래에 짙은 녹색의 폭 넓은 바지를 입
고, 수를 가득 놓은 남색 비단 조끼를 입고 있었다. 게다가 양
갈래로 틀어 올린 머리와 살짝 내린 양쪽 귀밑머리를 하고 있
어 마치 〈사랑탐모(四郎探母)〉[2]에 나오는 야율(耶律)공주 같았
다. 그래서 금봉에게 미소를 지으며 말했다.

"전족을 풀고 아예 만주인처럼 꾸며도 예쁘겠는데!"

"그러면 좋죠! 남들에게는 여자 하인으로 보이기 십상이
지만!"

"남들이야 부인이나 첩으로 보지, 어디 여자 하인으로 보
겠어?"

"제부와 말하면 끝이 없네요."

그 말을 듣고 취봉은 바지의 끈을 매고 뒤쪽에서 나와 손을

씻으면서 웃으며 말했다.

"당신 첩으로는 어때요?"

"첩이라고 하면 안 되지, 큰 마누라라면 모를까."

다시 취봉은 웃으며 금봉에게 물었다.

"정말 그렇게 되고 싶어?"

금봉은 부끄러워 얼굴을 가리고 탁자 위에 엎드린 채 물어도 대답하지 않았다. 자부는 몸을 숙여 조용히 다가가서 한 마디 하려다가 그만두었다. 금봉은 연신 손을 내저으며 말했다.

"몰라요, 몰라요!"

자부가 말했다.

"정말 원하는구나!"

취봉은 손가락으로 뺨을 쓰다듬으며 금봉에게 창피를 주었다.

벽 쪽 교의에 앉아 냉랭한 눈빛으로 바라보던 주봉은 키득거리며 웃음이 터져 나오려 했다. 자부가 그녀를 가리키며 말했다.

"어디, 또 큰 마님 한 분이 있었구나. 혼자 즐겁게 웃고 있네."

취봉은 그녀를 보자 화가 났다.

"보세요. 쟤가 얼마나 사람을 짜증나게 하는지요!"

주봉은 황급히 정색을 하고 단정히 앉았다. 취봉은 더욱 화가 났다.

"너도 화가 났다 이거야?"

취봉은 그녀에게 다가가 귀를 잡아당기며 바닥으로 내동댕이쳤다. 주봉은 의자에서 꼬꾸라졌으나 벌떡 일어나 한쪽으로 물러서서 입을 삐죽거리며 화를 누르고 울음을 삼켰다. 다행히 조가모 와서 그들을 재촉했다.

"마차가 도착했습니다."

취봉은 그제야 주봉을 내버려두고 침대 위에 놓여 있는 옷을 들어보며 훑어보다 인상을 찌푸리며 말했다.

"이 옷 안 입어."

조가모에게 궤짝을 열라고 하고는 직접 금목단과 대나무 뿌리가 수놓인 청색 항주 비단 저고리를 골라 입고 연꽃무늬 주름이 잡힌 남색 비단 바지로 갈아입었다. 요염하고 우아했다. 자부는 넋 나간 얼굴로 보고 있었다. 조가모는 그 옷들을 정리하며 자부에게 물었다.

"마고자 입으시겠습니까?"

자부는 그제야 멋쩍어하며 마고자를 걸쳤다.

"먼저 나갈게."

자부는 그 길로 곧장 아래층으로 내려가 고승에게 따라오라고 했다. 상인리 골목을 나서자 가죽덮개³ 마차 두 대가 보였다. 그는 앞에 있는 마차에 올라탔다. 그 뒤를 조가모가 은담뱃대를 들고 앞서고 취봉은 금봉을 잡고 천천히 걸어 나와 뒤에 있는 또 다른 마차로 가서 올라탔다. 고승도 자부가 올라탄 마차 뒤쪽 발판 위에 올라탔다. 네 바퀴가 구르기 시작하

運利口謝
郝乙香
車

자 마차는 번개처럼 달려 나갔다.

~~~~~~

1 중국의 강남지역 민간에서 딸이 시집갈 때 특별히 제작하는 작은 궤짝
   이다.
2 곤곡(崑曲). 북송(北宋)시기 북방의 소수민족의 남침을 막아낸 양씨 집
   안의 이야기가 민간에서 영웅고사로 전해지고 있는데, 〈사랑탐모〉는 양
   씨 집안의 넷째 아들 양정휘(楊延輝)의 이야기를 다루고 있다. 양씨 집
   안의 넷째 아들 사랑(四郎)이 송(宋)과 요(遼)의 금사탄 전쟁에서 요에
   게 납치된다. 그는 목이(木易)로 개명하여 요의 철경공주와 결혼한다.
   15년 후 사랑은 그의 동생 육랑이 장군이 되고 노모 여태군도 군량을 운
   송하기 위해 함께 온다는 소식을 듣고, 가족의 정이 그리워진다. 그러나
   긴장된 정세로, 사랑은 그들을 만나러 갈 계책을 찾지 못해 서글프고 답
   답할 뿐이다. 그때 철경공주는 사랑의 뜻을 알아채고 그가 관문을 넘을
   수 있도록 도와준다. 사랑은 송나라 군대에 잡히고 육랑을 만나게 된다.
   육랑은 사랑에게 그의 모친과 가족을 만나게 해준다. 그들은 통한의 눈
   물을 흘리지만 사랑은 다시 돌아간다.
3 가죽 덮개가 있는 마차를 '피봉거(皮篷車)'라고 하였으며, 덮개를 접고
   펼 수 있었다.

09

심소홍은 장혜정을 때려눕히고,
황취봉은 나자부와 설전하다

沈小紅拳翻張蕙貞 黃翠鳳舌戰羅子富

　　나자부와 황취봉을 태운 두 대의 마차가 대마로의 모퉁이
를 돌 때 또 다른 마차 한 대가 달려오고 있었다. 서쪽으로 향
해 달리던 그 마차는 자부가 타고 있는 마차와 나란히 가게
되었다. 자부가 그쪽 마차의 유리창 안을 들여다보니 다름 아
닌 왕연생이 장혜정과 함께 타고 있었다. 그들은 서로를 보
고 고개만 살짝 끄덕이며 미소를 지었다. 니성교(泥城橋) 어귀
에 이르자 세차게 채찍질하던 그 마차는 앞을 다투듯 다리를
지나갔다. 나자부의 마차는 앞서가는 마차를 따라 바짝 고삐
를 당기며 날아가듯 내달렸다. 그들이 탄 마차는 다리를 내려
가는 기세를 몰아 정안사까지 곧장 달려갔다. 잠깐 사이 명원

이 눈에 들어왔다. 물고기 꼬리를 물듯 줄지어 들어가 천당(穿堂)[1]의 계단 아래에 멈추었다.

　나자부와 왕연생은 마차에서 내려 인사를 하고 장혜정, 황취봉, 황금봉 그리고 조가모는 함께 누각에 올랐다. 집사 고승은 특별히 할 일이 없음을 직감하고 혼자 누각 아래에서 기다렸다. 왕연생은 앞쪽 난간이 상쾌하다며 나자부와 탁자 하나씩을 잡고 앉았다. 서로 난간에 기대어 먼 곳을 바라보며 차를 마시고 이야기를 나누었다. 왕연생이 어떻게 어젯밤 다시 황취봉의 집에 가서 술을 마시게 되었는지 묻자 나자부는 몇 마디 말로 간단히 대답했다. 나자부 또한 어떻게 장혜정을 알게 되었으며 어디에서 온 기녀인지 물었고 왕연생도 간단히 대답했다. 나자부가 말했다.

　"자네 간도 크네! 심소홍에게 들켜 봐, 좋은 꼴 나지."

　왕연생은 아무 말 없이 이를 드러내고 웃을 뿐이었다. 황취봉이 대신 해명해주었다.

　"당신 말은 왕 나리께서 그럴 거라는 거예요? 애인 만나는 걸 가지고 무서워하면, 부인을 만났다가는 어떻게 되려고요?"

　자부가 말했다.

　"〈소장(梳妝)[2)과 〈궤지(跪池)〉[3]는 봤겠지?"

　취봉이 말했다.

　"당신이야말로 꿇어앉는 게 습관이 되었을 것 같은데 당신 입에서 그 말을 꺼내다니요!"

이 말에 왕연생과 장혜정 모두 웃음을 터뜨렸다. 나자부도 웃으며 말했다.

"자네에겐 말을 말아야지!"

그들은 서거니 앉거니 하며 편안히 구경하였다. 정원의 방초는 수놓은 듯하고, 벽도화(碧桃花)가 피기 시작하였으며, 꾀꼬리 울음소리는 마치 강남에 찾아온 봄뜻을 지저귀는 듯했다. 화창한 날씨에 부드럽고 시원한 바람이 부는 일요일이라 정원에는 봄풀을 밟으며 산책하는 사람들, 물총새 깃털을 줍는 사람들,[4] 물가에서 연회를 여는 사람들,[5] 아름다운 꽃을 감상하는 사람들[6]로 가득했다. 덜컹덜컹 마차 소리, 히잉히잉 말 울음 소리와 함께 마차 삼사십 대가 연이어 들어와 수레 보관소에 자리를 잡았다. 눈앞에는 비녀와 모자들만 가득 펼쳐진 채 사람들의 신발만 종횡으로 흩어졌다. 술 안개가 사라지자 차와 아편 연기가 피어올랐다. 극락세계 '무차회(無遮會)'[7]도 이보다 시끌벅적하지 않을 것이다.

갑자기 갸름하게 잘생긴 한 젊은 남자가 올라왔다. 그는 아랫단에 구름 모양으로 선을 두른 조끼를 입고 수놓은 바짓단에 선을 두른 덧바지를 입고 있었다. 앞쪽 난간으로 걸어가서 장혜정을 뚫어지게 쳐다보더니 '큭' 하고 웃었다. 그러자 혜정은 불쾌하여 고개를 돌렸다. 왕연생은 그 젊은이가 대관원의 배우 무소생 소류아라는 것을 알고 개의치 않았다. 소류아는 잠시 서 있다 내려갔다.

황취봉은 금봉을 붙잡고 난간에 걸터앉아 들어오는 마차를 구경하였다. 그러다 갑자기 손짓으로 나자부를 부르며 말했다.

"와봐요."

자부가 아래를 내려다보니, 다름 아닌 심소홍이었다. 그녀는 낡은 옷을 입고 머리는 제대로 빗지도 않은 채였다. 그녀를 태운 마차가 천당 앞에서 멈추자 소홍이 마차에서 내렸다. 자부는 황급히 왕연생에게 고갯짓을 하며 목소리를 낮추어 말했다.

"심소홍이 왔어."

왕연생도 황급히 달려와 내려다보았다.

"어디?"

취봉이 말했다.

"이 층으로 올라오고 있어요."

연생은 뒤돌아서며 그녀를 맞이하러 갈 작정이었다. 그런데 그 순간 심소홍은 벌써 누각에 올라 있었다. 그녀는 땀범벅이 된 얼굴로 눈을 부라리며 씩씩거리고 있었다. 아주머니 아주, 여자 하인 아금대도 그녀와 함께 앞쪽 난간으로 밀어닥쳤다. 심소홍은 왕연생과 정면으로 마주쳤다. 그러자 그녀는 아무 말 없이 손가락으로 연생의 관자놀이를 세게 찔렀다. 연생은 그 바람에 순간 몸이 한쪽으로 밀려났다. 그 틈을 타 소홍은 성큼성큼 앞으로 걸어가 한 손으로 장혜정의 가슴을 움켜

쥐고 다른 손으로 때리기 시작했다. 혜정은 무방비로 있다가 피하지도 막지도 못하고 소홍을 잡고 되받아치면서 소리를 질렀다.

"너희들 누구야! 누군데 다짜고짜 사람을 때리는 거야!"

소홍은 대꾸도 않고 악착같이 때리기만 했다. 두 사람은 서로 엉켜 붙어 뒹굴었다. 황취봉과 금봉은 상황이 험악해지자 난간 뒤쪽 방으로 물러나고 조가모도 말릴 엄두를 내지 못했다. 나자부만 옆에서 심소홍에게 큰소리로 말렸다.

"그만해, 할 말이 있으면 말로 해!"

소홍이 마음먹은 이상 어떻게 순순히 그만두겠는가? 소홍은 정중앙의 탁자에서부터 때리기 시작하여 서쪽 난간 끝으로 혜정이 밀려날 때까지 그녀를 때렸다. 아주와 아금대도 슬그머니 소홍의 사나운 주먹질을 도왔다.

아래층에서 차를 마시던 사람들이 위층의 싸움 소리를 듣고 모두 올라와 구경하였다. 연생은 더 이상 보고 있을 수 없어 다가가서 소홍의 팔을 잡고 뒤에서 당겼지만 꿈쩍하지 않았다. 다시 그들 사이를 비집고 들어가서 순식간에 소홍을 밀치자 그제야 떨어졌다. 소홍은 그 바람에 몇 발자국 뒷걸음쳤지만 판자벽에 막혀 넘어지지는 않았다. 심소홍에게서 벗어난 혜정은 그곳에 서서 소홍을 가리키며 울부짖으며 욕을 퍼부었다. 소홍이 다시 달려들려고 하자 연생은 그녀의 옆구리 양쪽을 붙잡고 판자벽으로 밀어붙이며 아예 대놓고 말하기 시작했다.

"할 말이 있으면 나에게 말해야지, 그녀는 아무 상관이 없잖아. 때려서 어쩌겠다는 거야?"

소홍은 여전히 들은 체도 하지 않고 연생의 입을 꼬집어 비틀었다. 연생은 고통을 참아가며 애원했다. 갑자기 대각선에서 아주가 달려들어 손으로 연생을 떼어내며 소리를 쳤다.

"나리, 누구를 도우려는 겁니까. 체면을 생각하셔야지요!"

아금대는 연생의 허리를 껴안으며 소리를 질렀다.

"나리께서 다른 사람을 돕겠다고 우리 선생을 때려요? 우리 선생도 몰라보신다는 거예요?"

두 사람은 일부러 연생을 꼼짝 못하게 둘러쌌다. 소홍은 그 틈을 타서 빠져나와 회오리바람처럼 혜정에게로 달려가서 또다시 때리기 시작했다. 연생은 두 사람에게 꼼짝없이 갇혀 말릴 수도 없었다.

혜정은 원래부터 소홍의 적수가 되지 못했는데 소홍이 목숨을 내놓고 달려들어 그야말로 잔혹하게 때리는 바람에 이미 복사꽃물이 흥건할 만치, 군옥산[8]이 민둥산이 될 정도로 맞아 얼굴에 핏자국이 낭자하고 머리는 산발이 되었다. 하얀 얼굴은 하늘을 향하고 금색 연꽃 봉우리 모양 전족은 땅에 널브러져 있었다. 혜정은 여전히 울며불며 욕을 멈추지 않았다. 사람들은 벌처럼 모여들어 앞쪽 난간을 메워 구경만 하고 어느 누구도 감히 말리려 들지 않았다.

연생은 보고만 있을 수 없어 힘껏 아주와 아금대 두 사람을 뿌리치며 구경꾼들을 헤치고 도움을 청하러 아래로 내려갔다. 때마침 명원의 회계담당자가 사무실 문 앞에 서서 살피고 있는데, 연생이 그를 알아보고 다급하게 말했다.

　"빨리 종업원 두 사람을 불러다 말려주게. 사람이 죽게 생겼어!"

　그리고 또다시 연생은 사람들을 비집고 앞쪽 난간으로 들어갔다. 그는 하늘을 향해 드러누워 있는 혜정을 보았다. 소홍은 다시 혜정의 허리에 펄쩍 올라타서 닥치는 대로 마구 갈겼다. 아주와 아금대는 양쪽에서 혜정의 손을 붙잡아 움직이지 못하게 했다. 혜정은 두 다리를 버둥거리며 살려달라고 소리를 지를 뿐이었다. 구경꾼들도 일제히 큰 소리로 말렸다.

　"그만해요!"

　연생은 순간 화가 불기둥처럼 치밀어 올라 먼저 아금대의 가슴을 발로 때렸다. 아금대는 바닥에 나가떨어지며 소리를 질렀다. 아주는 벌떡 일어나 연생에게 달려들며 소리를 쳤다.

　"나리, 우리를 때리는 게 부끄럽지도 않아요? 그러고도 사람이에요!"

　그리고 연생의 가슴팍을 머리로 박으며 계속 입을 놀렸다.

　"때려요, 때려!"

　연생은 더 이상 버티지 못하고 그만 대파가 뽑히듯 뒤로 벌렁 넘어지는데, 하필이면 아금대 위로 넘어졌다. 다섯 명이 여기저기에서 서로 두들겨 패고 있으니 아예 술지게미를 뭉쳐놓은 듯하여 오히려 구경꾼들이 박수를 치며 깔깔 웃었다.

다행히 서너 명의 종업원들이 외국 순포를 데리고 올라와 소리쳤다.

"그만들 하시오."

아주와 아금대는 그들을 보자마자 얼른 몸을 일으켰다. 연생은 종업원의 손을 잡고 일어났다. 종업원은 소홍을 한쪽으로 잡아당기고 나서 혜정을 부축하여 일으켜 앉혔다.

소홍은 종업원들에게 가로막혀 어떻게 해볼 도리가 없자 목 놓아 서럽게 울며 고래고래 소리를 지르고 마룻바닥 위에서 북을 치듯이 두 발을 동동거렸다. 아주와 아금대도 따라서 욕을 퍼부었다. 연생은 너무 화가 나서 한동안 말을 하지 못했다. 그래도 조가모는 신발 한 짝을 찾아 혜정에게 신겨주고 종업원들과 함께 양쪽에서 혜정을 부축해서 몸을 일으켜 천천히 난간 뒷방으로 데려가 쉬게 해주었다. 순포는 곤봉을 휘저으며 구경꾼들을 해산시키고 소홍에게는 계단을 가리키며 내려가라고 했다. 소홍은 더 이상 고집을 피우지 못하고 아주와 아금대와 함께 울면서 욕을 퍼부어가며 마차를 타고 돌아갔다.

연생은 소홍을 신경 쓸 틈도 없이 혜정을 보러 황급히 난간 뒷방으로 갔다. 관리인과 나자부, 황취봉, 황금봉이 그곳에 둘러서서 이야기를 하고 있고, 조가모가 침상에 뻣뻣하게 누워 있는 혜정의 머리를 만져주고 있었다. 왕연생이 다급하게 그

沈小紅拳翻張蕙貞

녀의 상태가 어떤지 묻자 조가모가 말했다.

"괜찮아요, 갈비뼈를 좀 다쳤지만 심각한 정도는 아니에요."

관리인이 말했다.

"심각한 정도는 아니라고 해도 위험했죠. 왜 아주머니를 데리고 나오지 않았어요? 아주머니가 있었으면 맞아도 덜 맞았을 텐데."

왕연생은 이 말을 듣고 나니 근심이 하나 더 늘어나 한참을 주저하다, 황취봉에게 조가모를 대신 달려 보내줄 것을 부탁했다. 취봉이 말했다.

"왕 나리, 나리께서 직접 데리고 가시는 게 좋을 듯합니다. 다른 이유가 있어서가 아니고 그녀가 이 모습으로 돌아가면 그쪽 아주머니와 여자 하인, 또 하인들이 가만있겠습니까? 만약에 여러 명을 불러 심소홍의 집으로 몰려가서 다시 소란을 피워 화라도 생기면 결국 왕 나리만 재수 없게 되는 거예요. 나리께서 직접 가셔서 먼저 그들에게 설명하는 게 좋지 않을까요?"

관리인이 말했다.

"맞습니다. 직접 가시는 게 좋겠습니다."

그래도 연생은 자신이 바래다주는 게 달갑지 않았다. 그렇다고 이유를 말할 수도 없어 취봉에게 재차 부탁할 뿐이었다. 취봉은 하는 수 없이 부탁을 받아들이고 조가모에게 분부를 내렸다.

"그들에게 가서 말해. 이 일은 왕 나리께서 처리하실 것이니, 심소홍 쪽에 손해배상을 청구해서는 안 된다고 해."

그리고는 혜정에게도 말했다.

"혜정 형, 맞죠? 혜정 형도 거들어야 해요."

장혜정은 고개를 끄덕였다.

집사 고승은 방문 앞에서 물었다.

"마차를 부를까요?"

조가모가 말했다.

"모두 불러요."

고승은 곧바로 마차를 부르러 갔다. 조가모는 은담뱃대를 황취봉에게 주고 장혜정을 부축했다. 혜정은 왕연생을 보고 말을 꺼내려다 그만두었다. 연생이 황급히 말했다.

"화 내지 말고, 되도록 기분 좋게 돌아가. 미친개에게 물린 셈 치고 깊이 생각할 것도 없어. 화 내면 병만 생겨. 그럴 가치 없어. 나는 조금 있다가 갈 테니 걱정하지 마라."

혜정도 고개를 끄덕이며, 조가모의 어깨에 기대어 한 걸음 한 걸음 힘겹게 내딛으며 계단을 내려갔다. 관리인이 말했다.

"머리 장신구 가지고 가셔야죠."

왕연생은 탁자 위에 조각조각 난 장신구들을 보고, 부서진 것임을 알고 말했다.

"내가 챙겨다 주지."

종업원은 또 은담뱃대를 올리며 말했다.

"누각 아래 계단에 떨어져서 찌그러졌습니다."

왕연생은 수건으로 한꺼번에 그것을 쌌다. 황취봉이 재촉하며 말했다.

"우리도 돌아갑시다."

그녀는 금봉의 손을 잡고 먼저 내려갔다. 왕연생은 관리인에게 손을 모아 인사하면서 말했다.

"망가진 가구는 모두 배상을 하겠습니다. 종업원들에게도 따로 인사하겠습니다."

관리인이 말했다.

"작은 일에 무슨 배상까지 한다고 하십니까."

나자부도 관리인에게 인사를 하고 왕연생과 함께 내려갔다. 고승에게 물으니, 장혜정과 조가모는 이미 마차에 동승하여 출발했고 황취봉 자매는 마차에서 기다리고 있다고 하였다. 왕연생은 나자부가 타고 온 마차를 빌려 타고 그 길로 사마로 상인리 골목 입구까지 와서 내렸다. 나자부는 왕연생에게 황취봉의 집으로 가기를 청했다. 계단을 올라가 방에 들어가서 자부는 직접 담배에 불을 붙여 건네주며 왕연생에게 권했다. 취봉은 그제야 옷을 갈아입고 건너와 왕연생을 보고 말했다.

"왕 나리, 반나절 동안 아편 못 피우셔서 기운 없으시죠?"

그리고 소아보를 불렀다.

"수건 올리고, 왕 나리께 아편 채워 드려라."

연생이 말했다.

"내가 할게."

취봉이 말했다.

"제게 좋은 게 있는데, 피우시겠어요?"

취봉은 소아보를 불러 금봉으로 하여금 가져오도록 시켰다. 금봉도 옷을 갈아입고 건너와 연생을 보고 웃으며 말했다.

"아휴! 무서워 죽는 줄 알았어요! 전 너무 무서워서 언니에게 달라붙어 '우리 돌아가요! 이렇게 있다가 우리까지 때리면 어떻게 해요?'라고 말했죠. 왕 나리께서는 무섭지 않으셨어요?"

연생은 자기도 모르게 웃음이 터져 나왔다. 나자부와 취봉도 모두 웃었다. 금봉은 아편 소반에서 해당화 모양의 소뿔 상자를 골라 들고 뚜껑을 열었다. 상자 안에는 아편환이 가득 들어 있었다. 하나를 꺼내 들고 왕연생에게 올렸다. 연생은 아편을 태우며 여러 번 피웠다. 그때, 아래층에서 조가모의 목소리가 들려왔고 왕연생은 자세를 고쳐 앉아 귀를 기울였다. 황취봉은 왕연생이 조급해하는 모습을 보고 황급히 조가모를 불러 올렸다.

"조가모, 올라와 봐요."

조가모는 연생을 보고 아뢰었다.

"이 층까지 바래다주었어요. 그쪽에서 '왕 나리께서 처리하신다고 하니, 잘됐어요. 왕 나리께서는 돌아오시는 대로 이리 건너오시라고 하세요.'라고 하더군요. 또 그쪽에서 감사 인사를 하며 저에게 선생께도 대신 감사 인사를 전해달라고 했어요. 아주 예의바르고 친절하더군요."

연생은 그 말을 듣고 나서야 한 시름을 놓게 되었다. 이어 왕연생의 집사 내안이 찾아왔다. 연생은 그를 불러들여 무슨 일인지 물었다. 내안이 말했다.

"심소홍 쪽 아주머니가 방금 와서는 심소홍이 공관으로 가려고 한다고 전해주었습니다."

연생은 이 말을 듣고 마음이 불편해졌다. 황취봉이 연생에게 말했다.

"제가 보기엔 심소홍은 장혜정과 비교가 안 되죠. 장혜정 쪽이야 그리 급할 것 없으니 내일 가도 괜찮아요. 오히려 심소홍에게 가서서 몇 마디라도 그쪽 말을 들어보세요."

연생은 주저하며 미간을 찌푸리고 아무 말 하지 않고 있었다. 취봉이 웃으며 말했다.

"왕 나리, 심소홍 만나는 걸 두려워하지 말아요. 할 말이 있으면 그녀에게 또박또박 분명하게 말하세요. 나리께서 그녀를 두려워하면 오히려 아무 말도 못해요."

연생은 한참을 망설이다 내안에게 마차를 부르게 하고, 수건에다 싼 머리 장신구를 보관하라고 건네주었다. 내안은 그것을 받아 들고 돌아갔다. 나자부가 말했다.

"심소홍이 그렇게 사나울 거라고 생각하지 못했어."

취봉이 말했다.

"심소홍이 뭐가 사납다는 거예요! 제가 심소홍이었다면 때리진 않았을 거예요. 혼자서 죽을 힘을 다해 때려봤자 머리 장신구 정도 망가지는 것이고, 게다가 왕 나리께서 배상해주면 나리께 피해를 주는 건데, 무슨 재미가 있어서 그러겠어요?"

자부가 말했다.

"자네가 심소홍이라면 어떡하겠어?"

취봉은 웃으며 말했다.

"저요? 당신에게 말하고 싶지 않은데요. 장월금에게 한 번 가보셔요, 어떻게 할지!"

자부가 웃으며 말했다.

"간다고 해서 자네가 뭐가 무섭겠어? 자네가 고분고분하지 않으면, 내가 장월금에게 자네를 흠씬 때리라고 하면 되지."

취봉은 그를 째려보더니 웃으며 말했다.

"아휴! 체면 생각하시고 말씀하시죠! 누구 들으라고 그러는 것 같은데, 왕 나리 앞에서 허세를 부릴 참이에요?"

왕연생은 아편 한 모금을 빨아 당기다 취봉의 말에 웃음이 터져 나와 하마터면 사레가 들릴 뻔했다. 자부는 멋쩍어져서 얼버무리며 말했다.

"자네 같은 기녀들은 말이 안 되는 요구를 해! 자네도 생각해봐. 자네들은 기녀라고 여러 손님들과 사귀면서 손님에게는 다른 기녀와 절대 못 만나게 하니, 이게 무슨 말이 되는 거야? 자네들도 낯짝이 있으면 말해봐."

황취봉은 웃으며 말했다.

"왜 말 못해요? 먹고살려면 달리 방법이 없는 거죠. 당신이 일 년 세 절기를 책임져봐요. 그러면 전 당신 한 사람과 만나면 되니 그야말로 정말 좋지요."

자부가 말했다.

"자넨 나 한 사람만 우려먹을 생각이구나!"

취봉이 말했다.

"당신 한 사람만 만나는데, 당신 말고 누구를 우려먹어요? 그러면서 당신이 말이 되니, 안 되니 하며 따져요?"

자부는 취봉의 말에 말문이 막혀 더 이상 말을 이어가지 못했다. 잠시 후 취봉이 말했다.

"당신이 맞다면 말해보서요. 왜 한 마디도 못해요?"

자부가 웃으며 말했다.

"내가 무슨 할 말이 있겠어? 자네에게 조롱만 당할 텐데."

취봉도 웃으며 말했다.

"당신이 잘못 말해놓고 도리어 제가 당신을 조롱한다니요!"

그렇게 대화와 웃음이 오고 가는 사이 벌써 등불이 켜졌다. 소아보가 초대장 하나를 나자부에게 올렸다. 자부가 다 보고 나서 왕연생에게 건네주었다. 연생이 황급히 받아 들고 보니, 홍선경이 술자리에 자부를 재촉하여 부르는 것이어서 신경을 쓰지 않으려는데, 다시 아래를 보니, '연옹약재, 동청광림(蓮翁若在, 同請光臨. 왕연생이 있으면, 함께 광림해주십시오.)'라는

여덟 자가 한 줄로 적혀 있었다. 왕연생은 미간을 찌푸리며
말했다.

"난 안 가."

자부가 말했다.

"선경은 술자리를 잘 만들지도 않는데 자네도 술대접을 받
아보게. 기녀를 부르지 않아도 괜찮잖아."

황취봉이 말했다.

"왕 나리, 술자리에 가셔요. 가지 않으시면 오히려 심소홍
에게 웃음거리가 될 겁니다. 나리께서 특별한 일이 없으시면
술자리에 가시고 그 자리에서 친한 친구 두 분과 약속을 해
서 술자리가 끝나는 대로 함께 소홍에게 가는 것도 좋지 않
을까요?"

연생은 괜찮은 생각이라 여겨 취봉의 말을 듣고 급히 두 모
금을 빨아 당겼다. 내안이 가마를 대령하고 홍선경의 초대장
을 올렸다. 자부가 말했다.

"함께 가세."

연생은 고개를 끄덕이며 좋다고 말했다. 고승을 불러 가마
를 대기하라고 명령하자마자 고승이 대답했다.

"가마를 대기시켜 놓았습니다."

이에 왕연생과 나자부는 각자 가마를 타고 함께 공양리 주
쌍주의 집으로 갔다. 이 층으로 올라가니 홍선경이 마중을 했
다. 두 사람이 함께 오는 것을 보고 아주머니 아금을 불렀다.

黄翠凤舌战罗
子富

"수건 올리게."

그리고 두 사람을 방으로 안내했다. 방에 먼저 도착한 손님으로 갈중영, 진소운, 탕소암 세 사람이 있었다. 또 다른 두 명은 처음 본 인물로, 장소촌과 조박재였다. 모두 통성명을 하고 자리를 양보하며 앉았다. 남자 하인이 수건을 가지고 올라왔다. 탕소암은 급히 왕연생에게 물었다.

"누구를 부를 거야?"

연생이 말했다.

"난 아무도 안 불러."

주쌍주가 끼어들었다.

"나리, 왜 아무도 안 부르셔요?"

홍선경이 말했다.

"그러면 어린 기녀나 불러."

탕소암이 말했다.

"내가 한 명 추천하지, 인물은 내가 보장해."

그리고 손으로 가리키며 말했다.

"저기."

왕연생이 고개를 돌려 보니 주쌍주 어깨 너머로 한 어린 기녀가 수줍은 듯 고개를 숙이고 앉아 있었다. 나자부가 먼저 다가가서 허리를 숙여 얼굴을 보고 말했다.

"나는 쌍보만 알고 있었는데, 아니구나."

주쌍주가 말했다.

"쌍옥이라고 해요."

왕연생이 말했다.

"본당국이라면 좋지, 그렇게 쓰게."

홍선경은 탕소암이 국표를 쓸 때까지 기다렸다가 자리를
권했다. 여자 하인 교건이 주쌍옥 옆에서 말했다.

"가서 옷 갈아입고 와요."

쌍옥은 돌아서며 방을 나갔다.

---

1 중국 가옥에서 본채와 후원을 연결하는 공간
2 곤곡(崑曲). '소장(梳妝)'은 '단장하다'라는 뜻이다. 명대(明代) 왕정눌
  (汪廷訥) 작품 『사후기(獅吼記)』의 한 절이다. 송대의 공처가 진계상과
  그의 아내 류씨의 악랄한 질투심에서 벌어지는 에피소드의 하나로, 그
  이야기는 대략 다음과 같다. 하루는 진조의 아내가 아침 일찍 일어나 단
  장을 하고 있을 때, 진조는 소동파가 보낸 야외 나들이 초대장을 받는다.
  류씨가 기녀가 있으면 보내주지 않는다고 하자, 진조는 기녀가 있으면
  벌을 달게 받겠다고 약조를 한다. 그러자 류씨가 진조를 보내준다.
3 〈궤지(跪池)〉 역시 『사후기(獅吼記)』의 한 절로, '궤지(跪池)'는 '연못
  가에서 꿇어앉다.'라는 뜻이다. 이 장면은 〈소장〉과 연결되는데, 소동파
  가 초대한 모임에 기녀가 함께 있는 것을 알게 된 류씨가 진계상에게 연
  못가에 무릎을 꿇어앉아 잘못을 빌라는 벌을 내린다.
4 물총새 깃털로 머리장식을 하는데, 이 대목은 기녀들의 봄나들이를 의
  미한다.
5 주로 음력 3월 3일에 물가에서 난꽃을 따고 산책하며 액운을 없앤다.
6 기녀들을 구경하는 사람들을 의미한다.
7 승속(僧俗)을 가리지 않고 누구나 참여하여 공양하고 베풀고 설법을 듣
  고 서로 질문하여 배우는 모임
8 群玉山 : 신녀(神女) 서왕모(西王母)가 살고 있다는 중국 전설 상의 산

10

처음 단장하는 어린 기녀는 엄한 가르침을 받고,
오랜 빚을 갚아주는 어리숙한 손님은
무딘 말솜씨로 대응하다

理新妝討人嚴訓導 還舊債清客鈍機鋒

주쌍옥은 자기 방으로 건너갔다. 교건도 따라 건너가서 쌍옥에게 물었다.

"술자리 나갈 때 입는 옷, 엄마가 주셨어요?"

쌍옥은 고개를 저었다. 교건이 말했다.

"내가 물어볼게요. 살쩍머리에 기름 먼저 바르고 있어요."

교건은 황급히 기생어미 주란에게 내려갔다.

주쌍옥은 가스등을 화장대 위로 옮기기만 하고 살쩍머리에 기름은 바르지 않고 침대 끝에 앉아 조용히 귀를 기울였다. 주쌍옥의 방 아래는 기생어미 주란의 침실이었다. 주쌍보는 방을 옮겨 주쌍주의 방 아래였다.

기생어미 주란은 교건에게 등을 들고 있으라고 하고 궤짝을 열었다. 한참을 뒤적이더니 또 수군수군 한참을 이야기한 후 방을 나갔다. 그런데 주란이 쌍보의 방 뒤쪽으로 갔기 때문에 무엇을 하는지 전혀 들리지 않았다. 쌍옥은 그제야 귀를 떼고 일어나 거울을 마주하고는 양쪽 살쩍머리가 살짝 들려 있는 것을 보고 작은 솔빗으로 기름을 가볍게 몇 번 바르며 깔끔하게 붙였다. 교건이 의상을 들고서 주란과 함께 올라왔다.

　　쌍옥은 작은 솔빗을 정리하고 옷을 입으려고 했다. 주란이 말했다.

　　"가만, 머리가 좀 아닌데. 왜 이렇게 잔머리가 많아!"

　　주란은 손에 들고 있던 두구함을 내려놓고 직접 쌍옥의 머리를 매만져주었다. 몇 번이고 잡고 누르며 솔을 느릅나무 대팻밥[1]이 담긴 물에 푹 적셔서 나선형으로 바르고 다시 짧은 앞머리 주위를 발랐다. 그 물이 목덜미를 타고 흘러 내렸다. 이마 양쪽 끝에서 반짝거리며 매달려 있는 것도 모두 그 물방울이었다. 쌍옥이 손을 뻗어 닦으려 하자 주란은 급히 가로막았다.

　　"움직이지 마."

　　그리고 목덜미에 수건을 대충 덮어놓고 쌍옥에게 얼굴을 돌리라 하고는 자세히 살펴보았다.

　　"좋아."

　　교건은 옆에서 옷의 깃을 세우며 쌍옥이 옷 입는 것을 도와주었다. 그 옷은 연두색 남경주단에 금색 난을 수놓아 단을 덧댄 저고리였다. 교건이 보고 말했다.

"이런 옷은 아직 본 적이 없는 것 같아요."

주란이 말했다.

"너야 어디서 봤겠냐. 말이 나왔으니 하는 말이지만 큰 선생 옷이야. 우리 세 딸들은 모두 특이했지. 옷이며, 머리 장신구며 죄다 직접 사들였어. 다른 사람 물건은 줘도 안 받았지. 쌍주 머리 장신구는 적다고 할 수 없지만, 옷만 보면 큰 언니와 둘째 언니 따라 가겠어? 쌍주보다 얼마나 많은지. 우리 딸들이 시집갈 때 마음에 드는 것을 골라 가고 남은 것만도 여러 상자야. 내가 가지고 있지만 아직까지 다 입지도 못했고, 또 입을 사람이 있기나 했어? 쌍보에게 입혀보았지만 역시 몇 벌 안돼. 그래도 옷들이 얼마나 많은지. 쌍보조차도 다 입어보지 못했는데, 너는 두말할 것도 없지."

쌍옥은 솜저고리를 입고 서양 거울 앞으로 몇 발자국 걸어가서 팔을 들어 올리며 소매길이를 맞추어보았다. 주란이 다가와서 옷깃 주름을 곧게 펴주며 소곤거렸다.

"근성을 가지고 장사를 할 때는 손님 비위를 맞춰야 해, 알겠지? 내 눈에는 친딸이든 아니든 모두 내 딸로 보여. 쌍주 언니만큼만 따라 하면 큰 언니, 둘째 언니들 옷과 머리 장신구 중에 네 마음에 드는 것을 얼마든지 가져가도 돼. 그렇지만 쌍보처럼 한다면 아무리 내 딸이라도 아무것도 없어."

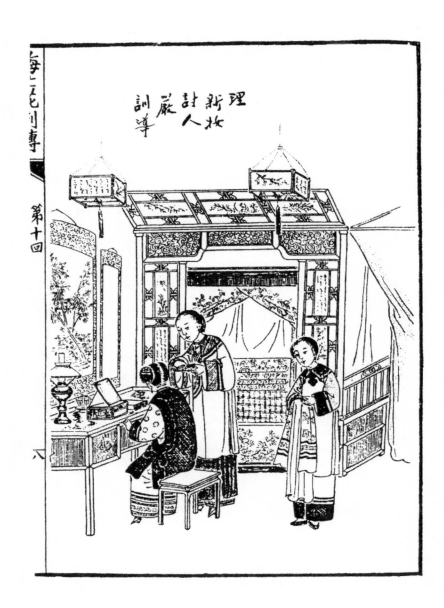

쌍옥은 아무 말 없이 듣기만 했다.

"듣고 있는 거니?"

"네."

"그러면 대답이 있어야지. 왜 아무 말도 안 해?"

교건은 술자리에 부른 기녀들이 도착했다는 소리를 듣고 황급히 두구함을 들었다. 그리고 쌍옥에게 어서 나가자고 재촉하며 주란의 말을 끊었다. 쌍옥의 손을 잡고 앞으로 가다 갑자기 은으로 만든 물담뱃대가 생각이 나서 말했다.

"셋째 선생 것을 가져가야 되겠어요."

"그럴 필요 없다. 쌍보한테 가서 가져와. 쌍보 담뱃대는 쌍옥이 쓰도록 하고. 내가 다시 쌍보에게 하나 줄게."

주란의 말에 교건은 얼른 뛰어갔다. 주란은 또 술자리 예절들을 쌍옥에게 가르치며 말했다.

"모르는 게 있으면 언니에게 물어라. 언니가 하는 말은 모두 귀담아 듣고 절대 잊지 않도록 해. 만약 다른 사람 말을 듣지 않는다면, 내가 미리 한마디 해둘게. 고생해봐야 결국 좋을 게 없다는 거야."

주란의 한 마디 한 마디에 쌍옥은 대답을 했다.

교건이 은으로 만든 물담뱃대를 들고 돌아오자 주란은 아래층으로 내려갔다. 교건은 급히 쌍옥의 손을 잡고 술자리로 갔다. 먼저 도착한 기녀는 진소운의 애인 김교진(金巧珍)이었다. 그녀는 삼마로 옆 동안리(同安里) 입구에 살고 있어 건너오기만 하면 되기에 조금 일찍 도착했다. 그때 김교진은 목청을 돋워 경극 곡조의 노래를 부르고 있었다. 그 노래에 나자부는 흥이 나서 선을 깔았다. 게다가 조박재와 장소촌이 흔쾌히 그 뜻을 받들어 분위기를 한껏 돋우었다. 이외에 다른 사람들도 모두 분위기를 맞췄다. 오직 왕연생만은 흥이 나지 않아 편안히 앉아 있을 수 없었다. 주쌍주는 그가 지루해하는 것을 눈치 채고 물었다.

"건너편으로 가서 잠시 쉬시겠어요?"

왕연생은 속마음이 들킨 걸 알고 즉시 자리를 옮겼다. 교건은 주쌍옥의 방으로 건너가서 불을 밝히고 찻잔에 차를 붓고 나서 연생에게 말했다.

"가서 쌍옥을 불러오겠습니다."

왕연생은 미처 거절하지 못하고 그녀가 하는 대로 내버려두었다. 주쌍옥이 천천히 방으로 들어와 옷을 갈아입고 멀찍이서 단정하게 앉아 시중을 들며 조용히 있었다. 왕연생도 섣불리 희롱하지 않았다. 잠시 후, 교건이 뛰어와서 시중을 들며 쌍옥에게 옆으로 가서 모시라고 당부하고 다시 나갔다.

연생은 아편을 피우며 옆 술자리의 화권 소리, 노래 소리들을 들었다. 참기 어려울 정도로 시끌벅적한데도 쌍옥은 조용히 앉아 머리를 숙이고 두 발을 모은 채 손수건을 만지작거리고 있었다. 연생은 그 모습에 감동하여 자기도 모르게 속으로 감탄을 했다.

그때 갑자기 아주머니 아금이 그 방에서 나와 수건을 올리라고 외쳤다. 잠깐 동안 발자국 소리, 신발 소리, 주렴 구슬 소리, 손님이 주인에게 작별인사 하는 소리, 주인이 손님을 배웅하는 소리 등이 한데 섞여 자리를 떠나는 사람이 누구인지 알 수 없었다. 단지 술자리가 다소 조용해진 것만을 느낄 수 있었다. 잠시 후 탕소암도 이 방으로 건너왔다. 술을 마셔 취기 오른 얼굴을 하고서 버드나무 이쑤시개로 이를 후비고 있었다. 그는 격식 따지지 않고 편히 탑상 아래에 비스듬히 앉아 연생이 아편에 불붙이는 것을 보았다. 연생이 물었다.

"자부는 갔나?

"아직 술자리가 더 있는지 중영이랑 소운과 함께 갔네."

연생이 이에 홍선경과 셋이서 심소홍의 집으로 가자고 약속을 잡자 소암은 그 뜻을 알아채고 그러겠다고 했다. 교건이 와서 식사를 청하여 두 사람은 술자리로 다시 돌아와 앉았다. 탕소암은 홍선경 귀에다 대고 몇 마디 했다. 홍선경은 그 말을 듣고 엷은 미소를 띠었다. 주쌍주도 고개를 끄덕이며 웃으며 말했다.

"당신 무슨 말 하는지 저도 알아요."

소암이 말했다.

"말해보게."

쌍주는 연생 쪽으로 입을 삐죽 내밀었다. 그러자 모두 웃으며 밥을 먹었다. 장소촌은 그들에게 일이 있는 것을 눈치

211

채고 조박재와 함께 작별인사를 하고 먼저 나섰다. 왕연생이 말했다.

"우리도 가세."

탕소암과 홍선경은 대답을 했다. 주쌍주는 황급히 쌍옥을 불러 입구까지 배웅하게 하였다. 세 사람은 천천히 걸어갔다. 내안은 가마꾼에게 빈 가마를 들고 뒤따라오라고 하였다. 공양리를 나와서 맞은편 동안리로 들어가 서회방리 어귀까지 쭉 걸어갔다. 마침 아주의 아들이 어둠 속에서 그들이 오고 있는 것을 보고 뛰어가 소식을 전했다. 아주가 문밖으로 나와 웃으며 맞이했다.

"제가 왕 나리께서 곧 오실 거라고 했는데, 마침 오셨네요."

왕연생이 앞장을 서고 탕소암과 홍선경이 뒤따라 문으로 들어섰다. 아주를 뒤따르며 이 층으로 올라갔다. 방에서 전족 신발 소리가 한바탕 소란스럽게 들려왔다. 왕연생이 중간 방문으로 성큼 들어가자 심소홍이 귀신처럼 헝클어진 머리와 꾀죄죄한 얼굴로 쫓아 나와 방 한가운데서 버티고 있다가 왕연생을 보자마자 달려들었다. 연생은 깜짝 놀라며 뒷걸음쳤다. 여자 하인 아금대가 뒤에서 쫓아와 소홍을 껴안고 막으며 소리쳤다.

"선생님, 이러지 말아요!"

당황한 아주는 뛰어 들어와 소홍의 팔을 붙들고 소리쳤다.

"선생님, 천천히!"

심소홍은 이를 꽉 깨물며 화를 냈다.

"다들 저리 가! 내가 죽는다는데 다들 무슨 상관이야?"

아주는 계속 말리며 말했다.

"죽는다고 이러면 안 되죠. 지금 왕 나리께서 오셨잖아요. 나리 말씀을 듣고 나서 아니다 싶으면 그때 죽어요."

소홍은 연생과 이미 죽으려고 마음먹었는데, 어디 그 말을 따르겠는가. 탕소암과 홍선경은 이런 소란을 보고 모두 할 말을 잊고 냉소만 지을 뿐이었다. 연생은 부끄럽기도 하고 화가 나기도 하며, 또 무섭기도 하고 조바심이 나기도 하여 사방에서 죄어오는 압박감을 느꼈다. 그러자 오히려 화가 치밀어 올라 냉소를 지으며 말했다.

"죽게 내버려둬!"

이 한마디를 하고 몸을 돌려 나갔다. 탕소암과 홍선경도 어쩔 수 없이 그를 쫓아 나갔다.

아주는 상황이 이상하게 돌아가자 소홍을 내팽개치고 재빨리 그들을 뒤쫓아 가서 연생을 붙들었다. 왕연생은 소매를 뿌리치고 계단을 내려갔다. 갑자기 중간 방 판자벽에 쿵쿵 울리는 소리가 들리더니 아금대가 안에서 다급하게 소리를 질렀다.

"안 돼요! 이러다 죽어요!"

이 소리에 아래층 남자 하인 서너 명이 불길한 마음으로 급히 이 층으로 올라가다 마침 연생과 계단에서 부딪히게 되었다. 아주는 왕연생을 죽을힘을 다해 잡아 끌어 안으로 밀어 넣었다. 탕소암과 홍선경도 쉽게 빠져나갈 수 없겠다고 생각되어 연생에게 방으로 들어가라고 부추겼다. 심소홍은 맹렬하게 머리를 벽에다 박고 있었다. 아금대가 그녀를 잡아보아도 도무지 꿈쩍하지 않았다. 아주는 다급해져서 있는 힘을 다해 허리를 붙잡았다. 탕소암과 홍선경이 소리쳤다.

"소홍 자네, 뭐하는 거야? 할 말이 있으면 말로 하면 되지. 이렇게까지 할 필요 없잖아."

아주가 소홍의 머리를 만져보니 다친 곳은 없었다. 다만 이마 모서리가 판자벽의 못에 부딪쳐 살짝 벗겨져 있었다. 피가 흐를 정도는 아니었다. 아금대가 다가와 손바닥으로 어루만져주면서 말했다.

"위험할 뻔했잖아요! 태양혈에 부딪쳤으면 어쩔 뻔했어요?"

연생은 한쪽에서 멍하니 우두커니 서 있었다. 아주는 그를 쏘아보며 말했다.

"왕 나리, 선생이 잘못되기라도 했으면 나리께서도 빠져나갈 수 없으실 텐데, 대수롭지 않은 듯이 보고만 있지 마세요!"

남자 하인들은 아무 일이 없는 것을 보고 모두 웃으며 말했다.

"간 떨어질 뻔했네! 빨리 선생을 부축해서 방으로 모셔요."

아주는 소홍을 끌어안았다. 아금대는 연생을 잡아당기고, 탕소암과 홍선경은 일제히 방으로 몰려갔다. 아주는 소홍을

還舊債
清客鈍
機鋒

215

탑상에 뉘었다. 아금대는 찻잔을 차리며 남자 하인에게 찻물을 가져오라고 했다. 남자 하인은 아주에게 분부하듯 말했다.

"조심들 하시우."

그리고 모두 웃으며 아래층으로 내려갔다.

왕연생, 탕소암, 홍선경은 나란히 벽 쪽에 놓여 있는 교의에 앉았다. 소홍은 벽 쪽에 얼굴을 묻고 울었다. 아주는 소홍 옆에 앉아 천천히 왕연생에게 말했다.

"왕 나리, 나리께서 잘못하셨어요. 잘못 생각하셨다고요. 나리께서 처음부터 우리 선생에게 분명하게 말씀을 하셨다면, 장혜정 같은 기녀 열 명을 만난다 해도 우리 선생은 아무렇지도 않았을 거예요. 나리께서 우리 선생을 속인 게 잘못인 거죠. 우리 선생은 나리께서 장혜정을 사귀는 것을 알고 이제 나리는 우리에게 오지 않을 거라면서 장혜정 쪽에서 나리를 끌고 가버렸다고 말하더군요."

홍선경은 말이 끝나기도 전에 아주의 말을 가로막았다.

"왕 나리는 겨우 어제저녁에 장혜정 집에서 술자리를 했어. 지금 이렇게 다시 여기에 왔잖아."

아주는 일어나서 홍선경 옆으로 가서 조용히 말했다.

"홍 나리께서는 다 알고 계시잖아요. 우리 선생만 책망하지 마세요. 우리 선생도 초조하니까 그러죠. 왕 나리께서 처음 우리 선생과 만날 때만 해도 단골손님들이 있었어요. 나중에 나리와 사이가 좋아지니까, 어떤 손님이 기분 나빠서 오지 않는

216

다고 해서 제가 모시러 가려고 했었죠. 그때 왕 나리께서 우리 선생에게 '오지 않으면 내버려둬, 나 혼자서도 자네 체면치레는 해줄 수 있어.'라고 하셨지요. 왕 나리, 그때 그렇게 말씀하셨잖아요? 선생은 나리가 계신다고 아예 마음을 놓고 손님들을 청하지도 않았지요. 그때부터 손님들도 하나둘 찾아오지 않더니 지금은 아무도 없어요. 왕 나리 한 분뿐이에요. 홍 나리, 그러니 왕 나리께서 장혜정과 만나면 우리 선생이 초조하지 않겠어요?"

탕소암이 끼어들었다.

"그만해. 장혜정이 창피를 당했는데도 왕 나리는 여기에 왔잖아. 심소홍 자네 체면도 그럭저럭 세워졌다고. 모두 이제 그만해, 알겠나?"

소홍은 얼굴에 범벅이 되도록 눈물을 흘리며 울다가 탕소암의 말을 듣고 해명에 나섰다.

"탕 나리, 이 사람에게 한번 물어보세요. 왕 나리는 저에게 직접 일할 필요 없다며 초대장 종이들도 모두 없애버렸어요. 저는 왕 나리의 말만 믿고 손님이 불러도 나가지 않았어요. 나리는 또 저에게 '네가 진 빚이 얼마든 내가 갚아줄게.'라고까지 했어요. 그 말을 듣고 얼마나 기뻤던지. 저는 오직 나리만 바라보면서 빚 갚아주기만을 눈이 빠지게 고대하고 있었죠. 저도 언젠가는 좋은 날이 있겠구나 했는데, 나리가 여태껏 저를 속이고 있었다는 걸 어떻게 알았겠어요! 여태껏 속이더니 아예 저는 내팽개치고 장혜정을 돌봐주고 있잖아요!"

이 말을 하다 말고 소홍은 발을 동동거리고 펄쩍펄쩍 뛰어오르며 고개를 젖혀 통곡했다. 그리고 다시 말을 했다.

"장혜정과 사귄다면, 뭐 괜찮아요! 그런데 제 처지를 보면, 옷은 다 입었던 거고, 머리 장신구도 다 저당잡혀버렸고, 손님 한 사람도 없고, 그런데 만 원이나 되는 빚은 그대로 있어요. 정말이지 저는 이러지도 저러지도 못하는데, 도대체 저보고 어쩌라는 거예요?"

탕소암이 엷은 웃음을 띠며 말했다.

"어쩌라고 할 것도 없지. 왕 나리가 여기에 계시잖아. 옷이며 머리 장신구는 늘 하던 대로 왕 나리께 마련해달라고 하고, 빚도 나리께 깨끗이 갚아달라고 하면 모두 정리되는 것 아니야?"

"탕 나리, 솔직히 말하면 왕 나리께서 저와 이 년 반을 만나는 동안 사다 준 선물이라고 해봤자 여기 눈앞에 보이는 것들이 다예요. 장혜정은 열흘도 안 됐는데 머리부터 발끝까지 어느 것 하나 빠지지 않고 마련해주었잖아요? 게다가 친구분들이 아부를 잘하셔서 귀신도 모르게 감쪽같이 가구를 사서 방을 꾸며주었다지요. 탕 나리께서는 알기나 하세요!"

홍선경이 끼어들었다.

"왕 나리도 쓸데없는 말을 했구만! 기루에서 기녀와 사귀면 장부만 깔끔하게 정리하면 되지. 기녀가 진 빚까지 손님과 무슨 상관이 있다고 대신 갚아줘. 솔직히 기녀는 손님 한 명에게만 기대면 안 되고 손님도 기녀 한 명만 만나면 안 돼. 기분이 좋으면 자주 가고, 기분이 나쁘면 덜 가고. 뭐가 그렇게 자잘하게 따질 게 많아!"

심소홍이 대답하려 하자 아주가 불쑥 끼어들었다.

"'기녀는 손님 한 사람에게만 기대면 안 된다.'라는 홍 나리 말씀 맞습니다. 우리 선생도 손님들이 많다면야, 왜 당신 왕 나리 한 분에게만 체면을 유지해달라고 하겠습니까? 나리께서 체면치레할 정도는 해주시든지, 아니면 우리 선생 빚이 일만인데 빚을 갚아주시든지, 당신 왕 나리께 말씀드리면 갚아주실까요? 당신 왕 나리께서 직접 우리 선생에게 빚을 갚아주겠다고 말씀하셔야 할 거예요. 왕 나리께서 정말로 빚을 갚아주시면 우리 선생이 뭐 하러 자잘하게 따지겠어요? 나리께서 장혜정과 사귀고 있고 '손님도 한 기녀와만 만나지 않는다.'라고 하는데, 우리 선생이 당신에게 무슨 말을 하겠어요? 그런데 지금 왕 나리께서는 우리 선생 빚을 한 푼도 갚지 않고 장혜정과 사귀고 있잖아요. 왕 나리께서도 생각해보세요. 우리 선생이 자잘하게 따지는 거예요? 왕 나리께서 자잘하게 따지는 거예요?"

아주는 말을 끝내고 왕연생을 한참 노려보았다.

연생은 얼굴을 들고 있었지만 아무 말 하지 않았다. 홍선경이 웃으며 말했다.

"두 사람이 아무리 자잘하게 따져도 우리 일 아니니까, 우리는 가야겠네."

그리고 탕소암과 일어났다. 연생도 함께 갈 생각이었다. 심소홍은 못 본 척하고 있는데, 오히려 아금대가 연생을 앉히며 말했다.

"아니! 왕 나리, 정말 가실 거예요?"

아주는 아금대에게 손을 놓으라고 소리치고 왕연생에게 말했다.

"왕 나리, 가시려면 가세요. 억지로 붙잡지 않겠어요. 그래도 한마디는 해야겠네요. 어제저녁 저와 아금대는 우리 선생 지키느라 침대에 앉아 한숨도 못 잤어요. 오늘 밤에는 자러 가야겠어요. 우리 아주머니들이야 상관없지요. 혹시 잘못되더라도 우리 일 아니니까요. 미리 말씀드리자면, 왕 나리께서도 저희를 원망하시면 안 됩니다."

이 몇 마디에 연생은 더욱 난처해져 뾰족한 생각이 나지 않았다. 탕소암이 연생에게 말했다.

"우리는 먼저 가겠네. 자네는 잠깐 앉아 있게나."

연생은 귓속말로 장혜정의 집으로 편지를 전해주라고 당부했다. 탕소암은 그러겠다고 대답하고 홍선경과 나섰다. 소홍은 그래도 일어나 두어 발자국을 옮기며 배웅해주었다.

"나리들을 난처하게 했어요. 내일 제가 술자리를 마련해 사죄할게요."

그녀는 이 말을 하다 말고 웃었다. 연생도 참지 못하고 웃으려 했다. 소홍은 몸을 돌리며 왕연생 얼굴을 향해 삿대질하며 말했다.

"당신…."

단 두 마디만 꺼내다 말을 삼키더니 탄식하듯이 '홍' 하고 콧방귀를 뀌었다. 한참 뒤에 다시 말을 이었다.

"당신 혼자 오면 우리가 당신을 속일까 봐 겁났던 거예요? 친구 두 사람에게 도움을 받아서 당신 대신 말하게 할 속셈이었죠. 당신이란 사람, 정말!"

연생 자신도 부끄러워 모르는 체했다. 아주는 냉소를 지으며 말했다.

"나리는 좋으시겠어요. 친구들이 대신 꾀를 내주면 듣기만 하면 되니 말이죠. 장혜정 쪽은 친구들과 함께 가지 않으셨는데, 어떻게 알게 됐대요?"

소홍이 말했다.

"장혜정은 친구들과 함께 가서 알게 된 게 아니고 자기 혼자 낚은 창녀잖아."

아주가 말했다.

"지금은 창녀가 아니죠. 아마 장삼이라고 생각할걸요! 소당명을 고용했으니 호화롭기까지 하잖아요! 왕 나리, 며칠 동안 얼마나 썼어요, 한 천 원 정도 썼지요?"

연생이 말했다.

"쓸데없는 소리 그만해!"

"쓸데없는 소리가 아니죠!"

아주는 아편 소반을 깨끗하게 치우고 나서 말했다.

"왕 나리, 아편 피우시면서 머리 굴릴 생각 말아요."

연생이 아편을 피우러 탑상으로 가서 눕자 아주와 아금대는 차례로 내려갔다. (2권에 계속)

---

1 이것을 물에 타면 점성이 있으므로 옛날 부녀자들이 머리를 감는 데 사용했다고 한다.

지은이 **한방경(韓邦慶, 1856~1894)**

송강부 누현(松江府 婁縣, 지금의 상하이)에서 출생하였으며, 부친 한
종문(韓宗文, 1819~?)이 형부주사(刑部主事) 직책을 맡게 되어 유년
시절을 베이징에서 보냈다. 1876년 전후 고향 누현으로 돌아와 수재
(秀才)가 되었으나, 이후 1885년 난징 향시에 낙방하였다. 1887년부터
1890년까지 『신보』에서 편집자 및 논설 기고자로 생활하였다. 1891년
베이징 향시에 낙방한 후 다시 상하이로 돌아와 1892년 2월에 중국 최
초 문예 잡지 『해상기서』를 간행하여 『해상화열전』을 연재하였다. 1894
년 초봄 64회 석인본 『해상화열전』을 출판한 후 오래지 않아 병을 얻어
39세의 나이로 세상을 떠났다.

옮긴이 **김영옥**

부산대학교 중어중문학과에서 「『해상화열전』 연구」로 박사학위를 취득
하였다. 인제대, 동의대, 동아대학교 등에서 시간강사를 역임하였으며,
현재 부산대학교 중어중문학과 조교로 재직하고 있다. 논문으로 「영화
〈해상화〉와 소설 『해상화열전』의 서사구조 비교」, 「한방경 단편소설의
근대적 불교서사 탐색-「환희불」을 중심으로」 등이 있다.

:: 산지니·해피북미디어가 펴낸 큰글씨책 ::

문학

해상화열전(전6권) 한방경 지음·김영옥 옮김

유산(전2권) 박정선 장편소설

신불산(전2권) 안재성 지음

나의 아버지 박판수(전2권) 안재성 지음

나는 장성택입니다(전2권) 정광모 소설집

우리들, 킴(전2권) 황은덕 소설집

거기서, 도란도란(전2권) 이상섭 팩션집
*2018 이주홍문학상 선정도서

폭식광대 권리 소설집

생각하는 사람들(전2권) 정영선 장편소설

삼겹살(전2권) 정형남 장편소설

1980(전2권) 노재열 장편소설

물의 시간(전2권) 정영선 장편소설

나는 나(전2권) 가네코 후미코 옥중수기

토스쿠(전2권) 정광모 장편소설
*2016 세종도서 문학나눔 선정도서

가을의 유머 박정선 장편소설

붉은 등, 닫힌 문, 출구 없음(전2권)
김비 장편소설

편지 정태규 창작집
*2015 세종도서 문학나눔 선정도서

진경산수 정형남 소설집

노루똥 정형남 소설집

유마도(전2권) 강남주 장편소설
*2018 대한출판문화협회 청소년도서

레드 아일랜드(전2권) 김유철 장편소설

화염의 탑(전2권)
후루카와 가오루 지음 | 조정민 옮김

감꽃 떨어질 때(전2권) 정형남 장편소설
*2014 세종도서 문학나눔 선정도서

칼춤(전2권) 김춘복 장편소설

목화-소설 문익점(전2권) 표성흠 장편소설
*2014 세종도서 문학나눔 선정도서

번개와 천둥(전2권) 이규정 장편소설
*2015 부산문화재단 우수도서

밤의 눈(전2권) 조갑상 장편소설
*제28회 만해문학상 수상작

사할린(전5권) 이규정 현장취재 장편소설

테하차피의 달 조갑상 소설집
*2011 이주홍문학상 수상작

무위능력 김종목 시조집
*2016 부산문화재단 올해의 문학 선정도서

금정산을 보냈다 최영철 시집
*2015 원북원부산 선정도서

인문

효 사상과 불교 도웅스님 지음

지역에서 행복하게 출판하기 강수걸 외 지음

재미있는 사찰이야기 한정갑 지음

귀농, 참 좋다 장병윤 지음

당당한 안녕-죽음을 배우다 이기숙 지음

모녀5세대 이기숙 지음

한 권으로 읽는 중국문화
공봉진·이강인·조윤경 지음
*2010 문화체육관광부 우수학술도서

차의 책 The Book of Tea
오카쿠라 텐신 지음 | 정천구 옮김

불교(佛敎)와 마음 황정원 지음

논어, 그 일상의 정치(전5권) 정천구 지음

중용, 어울림의 길(전3권) 정천구 지음

맹자, 시대를 찌르다(전5권) 정천구 지음

한비자, 난세의 통치학(전5권) 정천구 지음

대학, 정치를 배우다(전4권) 정천구 지음